新版

人生論

トルストイ

米川和夫＝訳

人間は、自然のうちでも、もっとも弱い一本のアシにすぎない。しかし、それは考えるアシである。これをおしつぶすのに、宇宙ぜんたいはなにも武装する必要はない。風のひと吹き、水のひとしずくで、じゅうぶんことたりる。しかし、たとえ宇宙がおしつぶそうと、人間は、人間を殺すものより、いっそう高貴であるだろう。なぜなら、人間は自分が死ぬことを知っており、宇宙が人間のうえに優越することを知っているからである。宇宙はそれについてはなにも知らない。それゆえ、われわれの尊厳は、すべて、思考のうちにある。われわれが立ちあがらなければならないのはそこからであって、われわれの満たすことのできない空間や、時間からではない。だから、われわれはよく考えるようにつとめよう。そこに道徳の根源がある。

――パスカル――

それについて、くり返しじっくりと、考えれば考えるほど、いよいよ強く新しくなる感嘆と崇敬とをもって、心をみたすものが二つある。それは、わたしのうえの星くず輝く大空と、わたしのうちの道徳の法則である。……前者は、わたしが外的な感性の世界にしめる場所から始って、世界のうえの世界や、体系の体系をふくむ無限の天界にまで、わたしと外界との結合を拡大して、さらに、その周期運動の無限の時間のうちに、この運動の始りと持続とをひろげる。また、後者は、わたしの目に見えぬ自我、つまり、わたしの人格から始って、真の無限性をもってはいるが、しかし、悟性のみがたどりうる世界――この世界（それをつうじて同時にまたいっさいの目に見える世界）とわたしとの関係は、第一の場合のようにたんに偶然的なものではなくて、普遍的必然的な結合をもっていると、わたしが認識するような世界に、わたしを置く。

――カント「実践理性批判」結論――

きみたちに新しい戒めを与えよう、たがいに愛しあうことだ。

――ヨハネによる福音書一三章三四節――

新版　人生論　目次

二八　肉体の死は、たしかに、空間にしばられた肉体と、時間にしばられた意識とを亡ぼしはするが、しかし、生命の根本を形づくっているもの、つまり、個々の生物のこの世界に対する特定の関係は亡ぼすことができない　二〇一

二九　死の恐怖は、人々がまちがった人生観にとらわれて、人生のほんの一部分を人生と考えるところから、起こる　二一三

三〇　生命の本質はこの世界にたいする関係だ。しかも、生命はたえず動いて、さらに高い新しい関係を形づくってゆく。だから、けっきょく、死も新しい関係にうつる一つのきっかけにほかならないのである　二一九

三一　死んだ人々の生命はこの世から消えてしまうものではない　二三五

三二　死の迷信は、人が世界にたいするそのさまざまな関係を混同するところから、生まれる　二三五

はじめに

いまここに、水車を生活のたった一つのたつきとするひとりの男がいるとしよう。この男は、祖父の代からの粉ひきで、粉をうまくひくには水車のどこをどうとりあつかわねばならないか、見よう見まねによくこころえている。この男は、機械の知識はいっこうないのだけれど、いい粉を割よくひくために、水車の部分部分の調整をするのはなかなか手なれたもので、それによって生活し、暮らしをたてていたのである。

ところで、この男がたまたまふっと水車の構造を考えてみようという気を起こして、機械のことでなにやらあいまいな意見を聞いたりしたあげく、いったい水車のどこがどうしてまわるのかと、観察しはじめた。

そして、受け口からひき臼《うす》に、ひき臼から心棒に、心棒から車に、車から堰に、堤に、水にと観察を進めていくうちに、とうとう、すべての原因は堤と川にあると、さとったのである。男はこの発見にもう有頂天になって、まえのように、でてくる粉の質をくらべ、ひき臼をあげたりさげたり、それをみがいたり、また、しらべ革を張ったりゆるめたりするかわりに、川を研究しはじめたのだ。それで、かれの水車はまったく調子がくるってしまった。そんなことはよしたほうがいいと、みんなも勧めたものだが、かれはそう忠告した人たちといい争ったあげく、やっぱり、川の研究をつづけた。こうして、この男は、長いあいだ、川のことだけくり返しくり返し考えつづけたばかりか、その考え方の誤りを指摘した人たちとも、熱心に、いくどでもいい争ったので、しまいには、川がつまり水車だと信じ込んでしまったのである。

こうした考えを誤りだとするいっさいの論証にたいして、この粉ひきは答えるだろう。「どんな水車も水がなければ粉をひけない。したがって、水車を知るには、どうやって水を引いたらいいか、知らなければならない。水の働く力を、水の流れ方を知らなければならない。だから、水車を知るには川を知らなければならない」

論理のうえで、粉ひきのこの考えに反対するのはむずかしい。こうした迷いをさましてやるには、ただ一つしか方法はない。というのは、ほかでもない、すべてものを考える場合、だいじなのは、考えることそのことではなくて、考える順序だということ、つまり、はじめになにを考え、あとになにを考えるか、それを知らなければ、いくら考えてみたところで始まりはしないということをかれに教えてやることだ。また、合理的な活動と非合理的な活動とが区別されるのも、合理的な活動の場合、一番目にはなに、二番目、三番目、もしくは十番目にはなにといったふうに、重要な考えの順に、一つひとつ秩序だてて、ことを処理していくのにひきかえ、非合理的な活動のほうは、まるきり順序だたない考えにしたがって、ことをはこんでいくからだという、そこのところの違いもよくよく納得させることだ。こういったやり方である。そして、この順序を決めるのがただの偶然などではなくて、なんのために考えるかという目的によるのだということも忘れず、いっしょに教えてやらなければなるまい。

すべて考える目的がこの順序を定めるのであって、この順序のうちに、一つひとつの考えは理屈にあうようにわりふられなければならないのである。

目的を忘れた考えは、たとえ、どんなに論理にかなっていようとも、どこか分別に欠けたところがあるものだ。

粉ひきの目的は粉をうまくひくことなのだから、それをかれが忘れでもしないかぎり、臼や車や堤や水について考える場合の順序を、この目的が、いやでも、はっきり決めるに違いない。

肝心のこの目的をすっかり忘れているのなら、粉ひきの考え方がいくらうつくしく論理にかなっていたところで、けっきょく、正しいとはいえないばかりか、なによりもまず無益なものになってしまうだろう。あのキーファ・モーキエヴィチ（ゴーゴリ『死せる魂』第一部一一章のエピソードちゅうの人物）の考えたように、もしゾウが鳥みたいにたまごからかえるとしたら、ゾウのたまごの殻はどのくらいの厚さになるだろうなどと考えるのと、まったく、どっちこっちの勝負としかいいようがなくなるわけである。

わたしにいわせれば、人生について論じる現代の学問もまたこうしたものでしかない。人生とはあの男が研究しようとした水車である。水車は粉をうまくひくために必要だった。人生は人を幸福にするために必要なのだ。たとえほんの一瞬のあいだにもせよ、人は、罰せられもせず、この研究の目的をすてさることなぞゆるされない。もしそれをすてさるなら、その研究はまったく足場を失って、ゾウのたまごをわるにはどんな火薬がいるかなどと考えたキーファ・モーキエヴィチの考えと、まるきり選ぶところがなくなってしまう。

人は、人生をよりよいものにしたいばかりに、その研究にしたがうのである。人類の知識をおし進めた人たちは、こうして人生を研究した。しかし、この人類の恩人、真の教師とならんで、考える目的をすて、そのかわり、なぜ生命が起こったか、なぜ水車がまわるかという問題に没頭している思想家が、いつの時代にもいたし、いまもいる。あるものは水のためだと主張し、ほかのものは構造によるものだと主張する。議論は白熱し、肝心の考えなければならない題目からはいつかしだいに離れてしまって、とどのつまり、まったく別の題目がそれにとってかわっているという始末なのである。

古い笑い話に、キリスト教徒とユダヤ教徒の喧嘩《けんか》をあつかったものがある。キリスト教徒がユダヤ教徒のもちだした複雑微妙な問題にこたえながら、相手のはげた頭をぴしゃりとたたいて、いまの音はどこからでたか、手のひらからでたのか、はげ頭からでたのかと質問したので、信仰についての議論が、いつのまにか、とうてい解決のつけようのない新しい問題にかわってしまった、という話である。むかしから、人間の真実の知識とならんで、人生についての問題でも、これと似たようなことが起こっている。

生命の起源が精神的な始まりによるものか、あるいは物質のさまざまな組合せによるものか、というこうした問題についても、むかしから、いろいろ議論が分かれていたのである。この問題はまだいっこう解決される見込みがなくて、いまでも議論が続けられている。というのも、つまり、考える目的が忘れられて、その目的とは無関係に生命が論議されているために、「生命」という言葉で理解されているものが、もう生命そのものでもなんでもなくて、なにから生命が始まったかとか、生命にともなうものはなにかとかいったような問題にかわってしまっているからである。

いまでは、科学の本ばかりでなく、会話のなかでさえ、生命を語りながら、われわれみんなが知っているあの生命――だれしも恐れにくむ苦しみによって、だれしも求める喜びや楽しみによって認識している生命を語らずに、なにか、ある物理的現象の偶然のたわむれによって起こるようなものか、もしくは、神秘的なよくわからない原因によって起こるようなもののことを語っているのである。

いまでは、「生命」という言葉は、生命のおもな特徴――苦しみや楽しみの意識とか、幸福を望む気持とかいったものとはなんのかかわりもない、なにやら、ばかばかしい議論のたねにまでなりさがっている。

「La vie est l'ensemble des fonctions, qui resistent á le mort. La vie est l'ensemble des phénomènes, qui se succèdent pendant un temps limité dans un être organisé.（生命とは死に抵抗するさまざまな働きの結合である。生命とはあるかぎられた時間に有機体の内部であいついで起こるさまざまな現象の結合である）」

「生命とは一般的であると同時に連続的な分解と結合との二重のプロセスである。生命とは活動する有機体である。生命とはあいついで起こる各種の変化の一定の結合である。生命とは有機体の特殊な活動である。生命とは外部にたいする内部の関係の適応である」

こうした定義につきもののあいまいな表現や、おなじことの意味もないくり返しには触れぬとしても、こういった定義の本質となっているのは、いつも、おなじ一つのことなのである。つまり、定義されているのは、すべての人がおしなべて「生命」という言葉ではっきり理解しているものではなくて、生命やそのほかの現象にともなって起こるあるプロセスにすぎないということである。

こうした定義の大部分にあてはまるのが形成される結晶の活動であり、そのあるものにあてはまるのが発酵と腐敗の作用であり、また、どの場合にもあてはまるのが、まったくよいも悪いもない、人間の体の一つひとつの細胞の生命である。結晶とか、原形質とか、原形質の核とか、わたしの体やほかの人たちの体の細胞とか、そういったもののうちに起こるあるプロセスが、わたしのうちで幸福を求める意識としっかり結びついている一つの言葉――「生命」という言葉とまったくおなじ言葉でよばれているのだ。

生命の条件を生命だと考えるのは、川を水車と考えるのと、なんの変りもない。こうした考えにしても、きっと、なにかの役にたつことはあるのだろう。しかし、このような考えはもともとかれらが研究しようとした主題とはまるきりかけ離れてしまったものなのだから、そこから導きだされた人生にかんする結論のすべては、どうしても、偽りのものとならずにはいないのである。

「生命」という言葉は、実際、たいそう簡単明瞭《めいりよう》で、その言葉がなにを意味しているのか、知らぬものはない。しかし、その意味するところをすべての人がこうして理解しているのだから、それだけに、われわれはいつも、すべての人が理解している意味で、この言葉を使わなければならないのだ。つまり、この言葉がすべての人に理解されているのは、それがほかの言葉や観念で正確に定義されているからではなくて、反対に、この言葉が、たとえすべてとはいえないまでも、そこから多くのほかの観念を生みだす基礎となる観念だからで、そのため、この観念からいろいろな結論をひきだすには、なによりもまず、すべての人にはっきり認められている根本の意味で、この観念をわれわれは理解しなければならないのである。ところが、この肝心なことが、どうも、生命という観念を論じるものがわで、なおざりにされているように見える。生命という基礎となる観念がはじめから根本の意味でうけとられていない始末だから、生命にかんするいろいろな議論の結果が、ますます、すべての人に認められている基礎的な根本の意味から遠いものとなり、ついには、その基礎的な意義をまったく失って、それとはぜんぜん別な似ても似つかぬ意味をもつようになるのである。一つの図形をえがきながら、途中で、その図形の肝心な中心をほうりだして、別の新しい点にうつす、といったふうなことがおこなわれているのだ。

生命は細胞か、原形質か、あるいはもっと低いもの、無機物のうちにあるのか、というようなことが議論されているわけだが、しかし、議論するよりもさきに、われわれはじっと手を胸にあてて考えてみる必要がある。われわれにはほんとうに生命という観念を細胞にかずけてしまう権利があるのだろうか？

われわれは、たとえば、生命は細胞のうちにあるとか、細胞は生きているものだとかいう。ところが、人間の生命の観念と、細胞のうちにある生命の観念とはぜんぜん違ったものので、この二つはけっして結びつくことのできない別の対立する観念なのである。いっぽうの観念はもういっぽうの観念を排斥する。わたしも自分のからだが、どこもかしこも、のこるくまなく細胞からなりたっていることを知らないわけではない。それに、この細胞は、わたしとおなじ生命の特徴をもつ、わたしとおなじような生きものだとも、聞かされている。しかし、わたしが生きていると自分で思うのは、わたしがたくさんの細胞からなりたっている自分というものを、これ以上はもう分けられない一つの生きものとして、意識しているからなのだ。それなのに、わたしはこうしてからだじゅう、どこもかしこも、生きた細胞でできているといわれている。いったいどこにわたしは生命の特徴をたずねればいいのだろう、細胞に求めたらいいのか、それとも、わたし自身に求めたらいいのか？もし細胞が生命をもっていると認めるならば、そのときは、生命という観念から、自分の生命の重要なしるし——自分を一つの生きものと見る意識を、わたしはしりぞけなければならない。もしわたしが、すべての生きものの感じるように、自分もまた生命をもっていると認めるならば、わたしはわたしのからだを形づくってはいるものの、その意識のことまでは知るよしもない細胞に、自分の生命とおなじような特徴を認めてやることなぞ、けっしてできるわけのものでない。

いったい、わたしが生きていて、そのわたしのなかに細胞とよばれる生命のかよっていないものがよせ集まっているのか、それとも、わたしというものは生命のある細胞のよせ集めにすぎず、わたしの生命の意識というのも、実は、生命でもなんでもないただの幻にすぎないのか、どちらかだろう。

われわれは細胞のうちに、われわれがブルイズニ（「はねる」という動詞から来た名詞、古い民間語、「生きて躍動するもの」の意）とよんでいるようなにかがあるといっているのではなく、生命があるといっている。われわれは「生命」といっているのだ。なぜなら、この言葉で理解されるものは、Xなどといったなにかはっきりしない観念ではなくて、じゅうぶん限定された観念——それも、自分自身の実感によって、肉体をもったこの自分を分かつことのできない唯一のものとみる意識として、われわれみんなのひとしく知っている観念だからである。したがって、こうした観念はわたしのからだを形づくっている細胞にはあてはまらない。

たとえ人がどんな研究なり観察なりするにしても、その観察したことを表現する場合、すべての人がみんなひとしく一様に理解している意味でもって、ひと言ひと言を使わなくてはいけない。それが、なにかその人ひとりだけには通用するが、すべての人に認められた基礎的な観念から、ぜんぜんかけ離れているような観念であってはならない。もし「生命」という言葉が、細胞からなりたっている動物と細胞との場合にあてはまるように、あるものぜんたいの本質も、それを形づくっている部分部分のぜんぜん別の本質も、ともに区別せずに意味することができるとすれば、ほかの言葉も、やはり、そんなふうに使えるはずである。たとえば、あらゆる思想は言葉であらわされ、言葉は文字で、文字は線であらわされているから、線をひくことは、とりもなおさず、思想を表現することであり、したがって、線は思想であるといってもさしつかえない、などということだってできるのである。

現に、科学界では、物理的な力、機械的な力のたわむれによって生命が発生するという議論が、普通のこととして、通用していて、そうした議論を読んだり、聞いたりすることなぞ、いっこう珍しくもなんともないのだ。

しかも、科学者の大部分は、この……なんといったらいいかちょっと困るけれど……意見のようで意見でない、逆説のようで逆説でない、まあ、てっとりばやくいえば、しゃれか、なぞとでもいったらいいようなものに、後生大事と、かじりついているのである。

生命は物理的な力、機械的な力――われわれがただ生命という観念と反対の意味で物理的、機械的とよんでいる物理的な力のたわむれから発生したと確信されているわけである。

こうして本来の観念とは縁もゆかりもないようなまちがった使い方をされている「生命」というこの言葉は、ますますもとの意味から離れていって、われわれが普通の意味で考えると、生命なぞとてもありっこないと思えるようなところに生命を予想するくらい、肝心かなめの中心から遠ざかってしまっているのである。円周のそとに中心のある円なり球なりがあるというのと、似たようなことが信じられているのだ。

実際、不幸から幸福にむかう欲求としてよりほか、わたしの想像しようもない生命は、わたしが幸福も不幸も見ることのできないようなところに、移されてしまった。生命という観念の中心がすっかり置きかえられてしまっているのだ。そればかりか、この生命とよばれるなにものかについて研究したものをいろいろとしらべてみると、こうした研究が、わたしの知っているどの観念にも、ぜんぜんといっていいくらい触れていないのに、気がつくのである。わたしはたくさんの新しい観念や言葉を見るけれど、それが、どれもこれも、科学用語として条件つきの意味をもってはいても、実際におこなわれている観念とはまるきり一致しないものばかりなのである。

わたしの知るところとなったこうした生命の観念は、すべての人の理解しているのとは、違ったふうに解釈されたものなのだから、そこからひきだされた数々の観念もまた普通の観念と一致するわけがなく、それにふさわしい思いつきの名をつけられて、新しい条件つきの観念としてあらわれているだけである。

つまり、科学の研究においては、人間らしい言葉はますます追いのけられていって、現に存在する事物や観念をあらわす手段である言葉のかわりに、科学的世界語が君臨しているのだ。この世界語がほんとうの世界語と違う点は、ほんとうの世界語が普通の言葉で現に存在する事物なり観念なりをよぶのに、科学的世界語は実際に存在しない言葉で実際に存在しない観念をよぶところにあるといえよう。

人間の精神的な結びつきのためのただ一つの手段は言葉である。この結びつきを可能にするためには、ひと言ひと言が、すべての人に適当で正確な観念をまちがいなく伝えるように、使われなければならない。もし言葉をむやみやたらと口からでほうだいに使ったり、それに思いつきのかってな意味をふくませたりできるものなら、いっそもう口をつぐんで、なにもかも記号でしめして用をたすほうがましなくらいだ。

実験も観察もぬきにして、ただ理知からわりだした結論だけで、世界の法則を定義するのがまちがった非科学的な方法であること、つまり、真実の知識を与える方法でないことには、わたしも同意する。しかし、実験と観察によって世界の現象を研究しながら、同時に、その実験や観察にあたって、一般的でもなければ根本的でもない条件づきの観念にたよったり、そうした実験の結果をさまざまな意味にとれるような言葉でしるしたりしたとすれば、それはかえって悪いことになるのではなかろうか？　もし薬壜《くすりびん》のラベルを、内容によらず、薬剤師のかってな都合だけを考えて適当にはっておいたとしたら、それがいくらいい薬屋のことだったにしろ、たいへんな害毒を流すことになるに違いないのだ。

しかし、わたしはこんなことをいわれるかもしれない。「科学は人生（意志とか、幸福にたいする欲求とか、精神世界とかいったものをふくむ）ぜんたいの研究をその課題とはしていない。ただ人生という観念から実験による研究の可能な現象をとりあげるだけだ」

たしかに、これは立派な正しい態度だろう。ところが、われわれの知っているように、現代の科学者の書くものを見てみると、それがぜんぜんそうでないのだ。もしも、なによりもさきに、生命という観念が中心の意味――すべての人の理解している意味で認められたうえ、この観念から科学が外面的観察の可能な面をのぞいてあらゆる面をとり去り、科学独特な研究方法をほこることのできるこの一面だけから現象を吟味検討するものと、はっきり定められているのだとすれば、もちろん、話はまるきり別で、たいへんすばらしいことだから、科学のしめる位置も、科学を基礎としてわれわれの到達する結果も、ぜんぜん別のものになるのだろうが、残念ながら、そうではないのである。実際にあることは語らなければならないし、みんなの知っていることはかくしてはならない。生命の研究にたずさわっている実験科学者の大部分が、生命の一面だけでなく、生命ぜんたいを研究しているのだとあたまから自分で信じ込んでいることを、いったい、われわれが知らないとでもいうのだろうか。

天文学や、機械学や、物理学や、化学や、そのほかさまざまな科学は、ことごとく、生命一般についてはなんの研究成果もあげずに、それぞれ、その受けもつ範囲で、生命の一面だけを研究しているにすぎないのである。ただこうした科学のうちでもあるものは、それがまだ野蛮なものでしかなかった時代、つまり、混沌《こんとん》として海のものとも山のものともつかなかった時代には、生命のあらゆる現象を自分流儀の見方でとらえようとして、新しい観念や言葉をいろいろ工夫しながら、みずから混乱におちいってしまったものだ。天文学が占星術だったとき、ちょうどこうしたことが起こったし、化学が錬金術だったときもそうだった。ところが、現在でも、やはり、これとおなじことが実験的進化論の場合に起こっているので、この科学は生命の一面か、せいぜい二、三の面を検討しながら、それを生命ぜんたいの研究だと主張しているのである。

自分の研究している科学にたいして、こうしたまちがった見解をもっている人たちは、その研究が生命の二、三の面だけにしか及んでいないことを、けっして認めたがらないばかりか、その外面的実験の方法をもってすれば、生命ぜんたいが、それにともなういっさいの現象もふくめて、きわめられるに違いないと確信している。「たとえ」とかれらはいうのである。「サイキカルなもの（かれらはこうした独特な世界語によるあいまいな表現をこのむ）がまだ知られていないにしても、やがて、われわれはそれもきわめることになるであろう」生命の現象の一面なり、二、三の面なりを研究することによって、われわれはそのすべての面を知るようになる、つまり、いいかえると、たとえ一面からでも、じっくり腰をすえてある事物を熱心に観察するならば、われわれはそれをあらゆる面から、いや、内面からさえも見られるようになるに違いない、というわけである。

迷信のこりかたまったものとでもいうよりほか説明のしようもないこうしたおかしな説が、どんなに奇怪に見えようとも、それは立派に存在していて、ありとあらゆる野蛮で狂信的な教えと同様、人間の思想的な活動をまちがった、らちもない道にひきこんで、破壊的な影響を与えているのである。誠実な学徒がその生涯をほとんどなんの必要もない研究にささげて亡び、人間の物質の力が不必要な方向にむけられて消えさり、若い世代が、人類にたいする最高の奉仕と教えられたばかりに、キーファ・モーキエヴィチのようなもっとも無益な活動に没頭してくちはてていく始末である。

普通、科学はあらゆる面から生命を研究している、といわれている。ところで、どんなものにでも、球に半径が無数にあるように、無数の面があるもので、それをあらゆる面から研究することなぞとてもできないのだから、どれがいっそう重要で必要な面なのか、どれがあまり重要でもなく必要でもない面なのか、そのけじめをつけて研究することがだいじなのだ。あらゆる面からいちどきに一つのものに近づけないのとおなじことで、生命の現象も、やはり、あらゆる面からいちどきにきわめることはできないのである。いやがおうでも、順序というものが定められなければならない。ここが肝心なところだ。しかも、この順序は、生命を理解して、はじめて、定められるものなのである。

ただ生命の正しい理解だけが、科学一般にたいし、ことに、個々の科学にたいして正しい意義と方向とを与えるうえ、人生とわたりあうその意義の重さに応じて、個々の科学を分類することになるのである。だから、もしわれわれみんなの納得しているように生命が理解されていなければ、科学そのものもまちがったものとなるほかはない。

科学とわれわれのよんでいるものが人生を定義するのではなくて、われわれの人生観が科学と認めねばならぬものを決めるのである。したがって、科学が科学となるためには、まず、なにが科学で、なにが科学でないかという問題が解決されなければならないのであって、そのためには、人生観がはっきりしていなければいけないのである。

わたしは率直に自分の考えをのべることにしよう。ほかでもない、われわれはみんなこうしたまちがった実験科学の信仰をささえる根本のドグマを知っているのだ。

物質とそのエネルギーがある。エネルギーは運動し、エネルギーの機械的な運動は分子の運動にかわり、分子の運動は温度とか、電気とか、神経や脳の働きとなってあらわれる。生命の現象も、例外なく、いっさいこのエネルギーのさまざまな関係として説明される。

こうして、科学によれば、すべては簡単で、明瞭《めいりょう》で、美しく、わけても、都合がいいから、もしわれわれの人生ぜんたいをこれほど単純なものにしてしまう解決——われわれがこれほど求めている解決がなにもないのならば、なんにせよ、そうしたものをぜひとも考えださなければならない、というのである。

つまり、わたしの不遜《ふそん》な考えをすっかりぶちまけると、実験科学の活動をささえる情熱やエネルギーの大半は、こんな都合のいい観念を裏づけるようなものならなんでも考えだしたいという欲望によって、あおりたてられているだけなのである。

だから、こうした科学のいっさいの活動には、生命の現象を研究しようという欲求よりも、その根本のドグマの正しさを証明したいという身についたふだんの心づかいのほうが、いっそうはっきり見てとれるのだ。無機物から有機物が発生するということ、有機物の作用によって精神活動が生じるということ——こんなことをなんとか説明しようとして、どれだけたくさんの力が浪費されているだろう？　無機物は有機物に変ってはいない。なんなら、海の底をさぐってみよう。せいぜい細胞核とか、モネラ[1]とかよばれるようなものが見つかるぐらいのものだろう。

しかし、そこになくても、そんな現象が、いずれは、発見されるに違いないと信じることはできる。まして、永遠にわたる無限の時をすきかってに利用すれば、信念ではたしかにあるはずだけれど、実際にはないいっさいのものをそこにかずけることができるのだから、なおさらである。

有機物の活動から精神的なものの活動が生じるということにしても、おなじなのだ。そんなことはまだあったためしがない！　しかし、そうに違いないと信じて、その可能性だけでもせめて証明しようと知恵をしぼる。

いったい生命はなにから起こったか——やれ、アニミズムだとか、ヴィタリズム[2]だとか、いや、もっと別のなにか特殊な力の観念だとかいったような議論、いわば、人生とかかわりのないこんな議論が、人生のたいせつな問題——それがなくては人生観も意味をなさなくなるような問題を、人々の目からかくしてしまったばかりか、非常にいそいでいるくせに、歩いているうち、行く先をとんと忘れてしまった人とでもいうような状態に、肝心の科学者を——人を導かなければならぬ立場の科学者を、しだいしだいに、ひっぱりこんでしまったのである。

しかし、ひょっとすると、このわたしは、科学が現在こころざす方向であげている大きな成果に、しいて目をふさごうとしているのではなかろうか？　だが、どんな成果にしたところで、まちがった方向まで正すことはできない。かりに、いま、生命について現代の科学が知ろうと望んでいること、断言していること（それも別に自信あってのことではないのだが）、そういったことがなにもかもすっかり明らかになるという、ちょっと、まあ、ありそうもないことを、ここで、認めてみるとしよう。つまり、あらゆることが明らかにされ、すべてのことが真昼のようにはっきりしていると、仮定しよう。どうして無機物から順応というみちをへて有機物が生じるかも明らかなら、また、どうして物理的なエネルギーが感情や意志や思想に変化するかも明らかであって、こんなことなら、なにもかも、中学生どころか、いなかの小学生だって知っていると、仮定しよう。

わたしにだって、これこれの思想や感情はこれこれの運動によって起こるということが、わかっているものと、想像しよう。じゃあ、それで、いったいどうだというのだろう？　そうした場合、わたしは、自分のうちにあれやこれやの思想をなにかにかよび起こすために、はたして、自分のそういう運動までうまく支配できるものだろうか、できないものだろうか？　まったくのところ、そうなった場合でも、わたしが自分や他人のうちにどういう思想や感情をよび起こさなければならないかというだいじな問題は、解決されるどころか、ほとんど手つかずのまま残されるのである。

わたしは、この問題の答をだすのに科学者がいっこう困った顔をしないのを、知っている。この問題の解決は、科学者から見ると、いとも簡単に思われるのである。ちょうど、どんなむずかしい問題の解決でも、それを理解しない人には、いとも簡単に思えるようなものだ。人生をどうととのえたらいいかという問題も、人生がわれわれの手にゆだねられているかぎり、科学者の考えによれば、しごく簡単なものでしかない。科学者はこういうのだ。つまり、人生は人々がそれぞれその要求を満たせるようにととのえられねばならないのであって、そのために、科学がいろいろな方法を生みだしているのだから、いずれは、まず、そうした要求の満足が正しくわりふられ、つぎには、いっさいの要求をすぐに満足させる方法がいろいろとわけなく作られるようになって、人々は幸福になるに違いない、というのである。

要求というのはなにか、要求の限度をどこにおくのかなどとたずねたところで、科学者は、これにもやはり、簡単に答えるだけだ。科学は要求というものを肉体、精神、美、さらに、道徳の面からも分類して、どういう要求がどの程度に正しく、どういう要求がどの程度に正しくないかということをはっきり決めるためにあるので、それだからこそ科学は科学なのだ、とこう答えるだけである。

科学は、しだいに、こんなことまで決めるようになるのだろう。もしだれかが、正しい要求とそうでない要求とを決めるのになにが基準になるのかと、たずねたにしても、科学者は、ためらいもせず、そくざに、要求の研究と答えるのである。しかし、ことわっておくが、この要求という言葉にはただ二つの意味しかない。つまり、一つは、生存の条件ということだが、ひとりひとりの人間の生存の条件は、それぞれ、無限にあるのだから、その条件をなにもかもすっかり研究しつくすことなどとてもできないわけだし、いま一つは、生物にとっての幸福の欲求だが、これはそれぞれの意識によって、はじめて認められ、決められるものだから、なおさら、実験科学によって研究される可能性は少ないわけなのである。

　もっとも、一般の人々や世の識者によっても組織された会議とか、団体とか、機関とかいったようなもので、どこにも非のうちどころがなく、立派に科学とよべるようなものも、けっして、ないわけではない。こうしたほんとうの科学が、やがて、必要ないっさいのことをしだいに明らかにしていくことだろう。

　が、ともかく、こういった問題の解決というのは、いうまでもないことだろうが、なにもかも、ちょうど、形をかえたメシアの王国のようなもので、メシアの役割をここではかわりに科学がはたしているにすぎない。まったく、こんな科学的説明に多少でもなにかを説明させるためには、ユダヤ人たちがメシアを信じたように、やはり、科学のドグマというやつをだらしなく信じなければならないわけだが、また、よくしたもので、正統派の科学者たちはちゃんとその流儀でやってのけているのだ。ただ、メシアを神の使いとみる正統のユダヤ教徒だったら、メシアがその力によっていっさいのものを正しくととのえると信じることもできたろうが、正統派の科学者にとっては、ことの本質からいっても、さまざまな要求の表面的な研究によって、生命というただ一つの重大な問題が解明されるとは、さすが、信じることができないので、この点に多少の違いが、どうやら、見られるだけなのである。

1（二九頁） ドイツの生物学者ヘッケル（一八三四―一九一九）によって地球にはじめてあらわれた最下等の生物と想像されたもの。核のない原形質の小さなかたまりだと考えられ、その形も観察されて図に書きのこされたが、図示されたものが、実は、原生動物アメーバの一種にすぎず、もちろん核もそなえていたので、現在では、けっきょく、このモネラなるものは否定されてしまった。（訳註）

2（三〇頁） ヴィタリズムは生命の働きを、物質とは違った特別の活力の作用によって説明する古い観念論的な生物学の立場。アニミズムも、ここでは、物質ではない一種特別な霊の作用から、生命を説明しようとする態度をさしているのだろう。（訳註）

一　人間生活の根本矛盾

　人はだれしも自分の利益のため、幸福のためだけに生活している。自分のうちにこの幸福にたいする欲求を感じないなどという人がいたら、その人は自分を生きているものとも感じていないのである。人は自分の幸福をねがわずに人生を考えることなぞできない。だれにとっても、生きるということは、とりもなおさず、幸福をねがいそれを手に入れるということなので、幸福をねがい手に入れるということが、けっきょく、生きるということになるのである。

　人は自分のうち、自分という個人のうちにだけ、生命を感じる。そのため、はじめは、自分のねがっている幸福がただ自分ひとりだけの幸福にすぎないように思われる。自分ひとりだけが生きている、ほんとうに生きているというような気がしてくる。他人の生命は自分のとまったく違ったもののような気がするのだ。それがただ生命に似ているものにすぎないような気がするのである。人はただ他人の生命をはたから見て、それでもって、はじめて、その生きていることを知るばかりで、他人の生命のことは、とくに考えようとしないかぎり、いつまでたってもわかりはしないわけだが、いったん、それが、自分の生命のこととなると、ほんの一瞬のあいだも生きているという意識のやむときがないくらい、よくわかるのである。そのため、自分の生命だけが真の生命で、自分をとりまくほかのものの生命など、自分の生存するうえの、一つの条件でしかないように思われるのである。たとえ他人が不幸になるのを望まなかったとしても、それは他人の苦しみを見ることが自分の幸福をそこなうからにすぎない。また、他人が幸福になるのを望んだとしても、それは、自分のときとはぜんぜん違って、幸福になってほしいと望んでいる当の相手のためを、別に、真剣に思っているわけではなく、他人が幸福なのを見て自分の人生の幸福をいっそう大きくしたいからにすぎない。人間にとってほんとうにたいせつで必要なのは、ただ自分のものとしか感じられない生命のよろこび、つまり、自分の幸福なのである。

　ところが、人は自分の幸福をこうして手に入れたいとねがううちに、やがて、その幸福が他人によって左右されがちなのを知るようになる。そこで、他人をよく見て研究してみると、それがまた、みんな――人間ばかりか動物さえも――自分とそっくりおなじ生命の観念をもっているではないか。他人も、やっぱり、自分とおなじように、自分自身の生命と自分自身の幸福だけを感じ、自分自身の生命だけを重要な真実のものと考えて、ひとの生命なぞ自分の幸福のためのただの手段ぐらいにしか考えないのである。したがって、人はこんなことを考えるようになる。つまり、およそ生きているかぎりのものは、ほんのちっぽけな幸福をつかむためにも、ほかのもののずっと大きな幸福はおろか、生命さえも奪いとる覚悟を決めなければならないので、こう考えている自分もその例外ではもちろんないから、そういうふうにしなければ、いやでも、そうされるに違いない、という考えである。このことがはっきりわかると、もう、人はつぎのような想像をめぐらさないわけにはいかなくなる。もしこんなことがほんとうだとしたら（こういいながらも、それが事実だということは百も承知なのだ）、それこそもう、なまなかなことではすまなくなって、この世に生きているかぎりのものが、それぞれその目的を達成するため、かたときの休むまもなく、この自分を――ほんとうに生命をもったたったひとりの人間だと思っているこの自分を亡ぼしにかかるに違いないと、想像せずにはいられなくなるのである。そして、このことがわかると、人は、自分の幸福というもの――それがなければ人生も意味を失ってしまう自分ひとりの幸福というものが、そうたやすく手に入るものではないばかりか、いずれは、まったく自分の手から奪われてしまうに違いないと、さとるのである。

人が長く生きれば生きるほど、この考えは経験によってますますたしかめられる。そこで、人は、たがいに食いあい亡ぼしあう個人個人が結ばれてできあがっているようなこの世の生活――自分もいちまい加わっているこんな生活が、けっして自分の幸福とはならないばかりか、やがては、大きな災厄をまねくことになるだろうと、こうさとるのである。

いや、それどころか、人がもし、自分ひとりのためになんのはばかるところもなく、他人と首尾よく戦える有利な条件におかれているとしても、理性と経験は、もうたちまち、こんなことを人に教えるのである。つまり、人生からこうして奪いとった自分ひとりの享楽にしたところが、いくら幸福と見まがうばかりでも、その実、幸福どころか、せいぜい幸福の雛型《ひながた》というだけのもので、享楽にはつきものの苦しみや悩みをいっそうなまなましく感じさせる役ぐらいにしかたたないのだと、教えるのである。人は長く生きれば生きるほど、享楽は少なく、倦怠《けんたい》、飽満、労苦、苦痛といった感じばかりが大きくなっていくのを、ますますはっきり知るようになる。しかし、そればかりではない。病気をしたり、力のおとろえを感じだしたりするにつけ、また、他人の病気や老衰や死を見るにつけ、人はそこにだけほんとうに充実した生命を感じていた自分の存在そのものが、一刻一刻、一挙一動ごとに、衰弱、老衰、死に近づいているのを知るのである。それも、自分の生命が、たえずほかのものから戦いをいどまれ亡ぼされるいく千とない機会にさらされて、苦痛を受けていることを勘定に入れなくとも、生命そのものの持前から、いやでもおうでも、死という、つまり、どんな幸福の可能性も個人の生命ごと根だやしにしてしまうような状態に、たえまなく、近づいていくほかはないのだと、知るのである。そして、人は、そこにだけ生命を感じているこのかけがえのない自分というものが、とてもむこうにまわして戦えようはずのないもの——世界ぜんたいを相手どって戦っているばかりか、いつも、幸福のまがいものをつかませるだけで、苦痛におわる享楽をさがし求めて、たもたせるすべのない生命をなんとかたもたせようとして、あがいているのに、気がつかないではいられない。人は、自分ひとりのためだけにひたすら幸福をねがい、生命をこい求めているのに、その肝心な自分がいっこうに幸福も生命も手に入れられないのを、知っているのだ。人がひたすら手に入れたいとねがっているこの幸福と生命——そんなものは、自分が感じもしなければ、感じることもできない、まったく自分とは縁もゆかりもない存在、いや、ほんとうにあるのかどうかさえ知るすべもなく、知りたいとも思わぬような存在しか、もってはいないのである。

けっきょくのところ、自分にとってなによりもだいじなもの、ただそれだけが必要で、それだけがほんとうに生きているように思われるもの、つまり、この自分という個人は、やがては、亡んでしまい、ウジとなり、骨となって自分ではなくなってしまうのに、自分には必要でもなければ、だいじでもなく、それが生きているなどとは感じられないもの、つまり、たえまなく戦いつづけ交代していくこの世の生物——生物の世界は、自分が亡んだあとにも残って、永久に生きていくのである。こういったものこそ、まったく、真の生命なのである。したがって、自分にかけがえのない一つきりのものと感じられる生命——自分のいっさいの活動の原動力となっているこの生命は、なにやらあてにならぬまやかしもの、実際にはありえないようなものでしかなく、自分のそとにあって、愛してもいなければ、感じてもいない、なにかわけのわからない生命が、実は、唯一の真の生命だということになるのである。

自分の感じもしないようなものが、自分だけでもちたいとねがっていたいろいろの性質を、ひとりじめしているわけなのである。しかも、こうした考えは、人が憂鬱《ゆううつ》な気分でいる悪いときにばかり、起きるものとはかぎらない。そんな考えないでもすむどうでもいいような考えどころか、反対に、疑う余地もない明らかな真理なので、もしこの思想が一度でも人の心にうかんだり、また、一度でも人から説明されたりしたら、もう心にしっかりと根をおろして、なんとしても、自分の意識から追いはらえなくなるのである。

二　人生の矛盾は大昔から人類によって意識されている。人類の教師たちは人生の定義を人々にしめして、この内面の矛盾を解決したのに、パリサイの徒と学者はそれを人々の目からかくしている

人がまず最初に考える人生唯一の目的は、自分という一個人の幸福である。しかし、個人にとって幸福などはありえない。もし人生になにか幸福に似たものがあるとしても、そこにだけ幸福の考えられる人生――個人の人生は、一挙一動、つく息ひく息のそのたびに、ずるずると苦痛や災厄や死や破滅のほうにひきずられていって、ひきとめるすべもないのである。

こんなことは、ものを考える人だったら、若いものだろうと、年寄りだろうと、教育のあるものだろうと、ないものだろうと、だれでも気がついていることで、それほど見やすいわかりきった事実なのである。この考えはまったくこんなに簡単で自然なのだから、もののわかった人ならだれしもすぐ考えつくわけで、もう大昔から人類に知られていたのだ。「たがいに亡ぼしあったり、みずから亡びていったりするおなじような無数の個性のなかにたちまじって、人が、自分の幸福だけを求める個人として、生活することは不幸であり、無意味である。真の生活はこんなものではないはずだ」大昔から人はこう自分にいいきか

せてきた。インドや、中国や、エジプトや、ギリシャの賢者たちも人間生活のこの内面の矛盾を、おそろしく力強くはっきりと、語っている。人間の理性は、大昔から、生存競争や、苦痛や、死によって亡ぼされない人間の幸福の探求にむけられていたのだ。そして、この生存競争や、苦痛や、死によってそこなわれぬ、疑う余地のない人間の幸福を明らかにしていくことにこそ、有史以来の人類の進歩があったのである。

きわめて古い時代から、それこそさまざまな民族のあいだで、人類の偉大な教師たちが人生の内面の矛盾をはっきりと解決する数々の定義を人々に啓示して、人間にふさわしい真の幸福や、真の生活を教えてきたのだが、けっきょくのところ、あらゆる人々のこの世の立場というものがおしなべておなじ一つのものでしかなく、したがって、個人の幸福をねがう気持とそれを不可能とみる意識との矛盾も、だれもがおなじように感じているわけなのだから、人類のもっとも偉大な頭脳によって啓示されたこの真の幸福、ひいては、真の生活の数々の定義も、本質的には、まったく一つで、なんの違いもないものなのである。

「人生とは、人々の幸福のために、天から人々のうちにくだった光が、あまねくゆきわたることである」紀元前六世紀に孔子はこういった。

「人生とは、ますます大きな幸福にたえず到達しようとする魂の遍歴であり、完成である」おなじ時代のバラモンたちはこういっている。

「人生とは、幸福な涅槃に到達するために、自分をすてることである」孔子の同時代人、仏陀《ぶつだ》はこういった。

「人生とは、幸福になるために、謙遜《けんそん》と卑下とに徹する道である」やはり孔子の同時代人である老子はこういっている。

「人生とは、神の掟《おきて》をまもりながら人が幸福になれるように、神が人のうちに吹きこんだ生命の息吹である」ユダヤのある賢人はこういっている。

「人生とは、人を幸福にする理性にしたがうことである」ストア派の人々はこういった。

「人生とは、人を幸福にする愛——神と隣人にたいする愛にほかならない」先人のすべての教えをひっくるめて、キリストはこういった。

大昔から現在にいたるまで、数千年のあいだに、偽りでしかない不可能な個人の幸福のかわりに、ほんとうの亡びない幸福を人々に教え、人間生活の矛盾を解決して、それに、合理的な意味を与えた人生の定義というのは、こういうようなものなのである。こうした人生の定義は認めないことだってできるし、もっと正確で明瞭《めいりょう》な表現のしようがあると考えることだってできるが、しかし、こうした定義を承認することが、人生の矛盾をなくし、自分ひとりの手にはとうてい入れられない幸福にたいする欲求を、苦痛や死にも亡ぼされぬ幸福にたいする別の欲求にかえて、人生に合理的な意味を与えることになるのは、認めないわけにいかない。こうした定義が理論的に正しいばかりか、人生の経験によってたしかめられていること、つまり、むかしもいまも、そうした人生の定義を認めたいく百万いく千万とも知れぬ人々が、自分ひとりの幸福にたいする欲求を、苦痛や死でやぶられぬ別の幸福にたいする欲求にかえられるという事実を、身をもって、たえず示していることは、認めないわけにいかないのである。

しかし、人類の偉大な教師たちによって啓示された人生の定義を理解して、それによって生活しているこうした人々のほかに、生涯のある時期、いや、ときとしては一生涯をつうじて、ただ動物的な生活しか念頭になく、人間生活の矛盾の解決に役だつ人生の定義を理解しないどころかそれが解決している人生の矛盾さえも知らずに生活している実にたくさんの人々がいつもいたし、いまもいるのである。そして、こういう人々のあいだにたちまじって、うわべの特別な地位のために、自分を人類の指導者のように思い込んで、人間生活の意味がわかりもしないくせに、自分のわかりもしないこの人生のことを、人間生活は個人的な生存にほかならないなどと、他人に教えるような人々がいつもいたし、また、いまもいるのである。

こうしたにせ教師たちはどんな時代にもいるもので、現代でもあとをたたない。あるものは、自分たちがその伝統を受けてそだった人類の教師たちの教えを口にはするが、実のところ、その合理的な意味などいっこうわかっていないので、そうした教えを人々の過去や未来の生活にかんする超自然的な啓示にしてしまったあげく、ただもう儀礼の実行だけを重んじている。これはごく広い意味でのパリサイの徒――つまり、不合理なこの人生を正すには、形式的な儀礼をひたすら実行して、来世を信じるようになればよいと説く人々の教えである。

また、あるものは、目に見えるこの人生のほかに、来世などというようなものはいっさい認めず、奇蹟《きせき》や超自然的なものなどはあたまから否定して、人間の生活は生まれてから死ぬまでが動物的な生存以外のなにものでもないと、断言してはばからない。これは学者たち——つまり、動物としての人間の生活に不合理なものはなにもないと説く人々の教えである。

この二つの教えはどちらも、おなじように、人生の根本矛盾というものをろくろく理解しないところに根ざしたものなのだが、そのくせ、この二派のにせ教師たちはいつもたがいに敵意をもち、反目しあってきたのだ。この二つの教えは、現在では、世界を支配しているうえに、あいかわらず、反目しあい、おたがいの争いで世界をみたしているから、もう千年もまえに人類に真の幸福の道を啓示した人生の定義も、こうした争いのかげになって、人々の目からかくされてしまったのである。

パリサイの徒は、自分たちの祖と仰ぐ教師たちが人々にしめした人生の定義を理解しないばかりか、それを自分流のいんちきな来世の解釈でゆがめたあげく、それでもたりずに、人類のほかのすぐれた教師たちの人生の定義まで、自分の解釈のもととなった教えの絶対的権威をたもたせたい一心で、思いきり乱暴にめちゃくちゃに歪曲《わいきょく》して弟子たちにしめし、そのほんとうの姿を人々からかくそう、かくそうとつとめている。人類のほかのすぐれた教師たちの人生の定義にも認められる共通した一つの合理的な意味が、かれらには、そうした教えの真実性を証明するあらそいようのない根拠になるとは、ぜったいに考えられないのだ。なぜなら、そんなことがほんとうに証明されたりすれば、もとの教えの本質をゆがめた自分たちのあの不合理なにせ解釈の信用が、いっぺんに、ふきとんでしまうからである。

ところで、学者たちは、こうしたパリサイの徒の教えにも、もとをたどれば、合理的な根拠があるのをろくにたしかめもしないで、来世にかんするいっさいの教えを、もうまっこうから否定している。そして、そんなたぐいの教えなどなんの根拠もないもので、無知な時代の野蛮な習慣の残りかすにすぎないときめつけたあげく、人間の動物的生存の限界をすこしでも越えるような人生の問題なぞ課題にさえしなければ、人類は前進すると、断言してはばからないのである。

三　学者のあやまち

まったくおかしなことではないか！　人類の偉大な賢者たちの教えが、すべて、その偉大さによって人々をあまりにも強くゆすぶったために、粗野な人々があとからその教えに超自然的性格をきわめて豊富につけたしたうえに、創始者たちを半神とみなしてしまったことや、また、こうした教えの重要性のおもなしるしとなっているものが、ほかならぬこれらすべてのものが、学者たちから見ると、こういう教えの不都合さとか、時代おくれのこのうえもない証明のように思われるのである。アリストテレスとか、ベーコンとか、コントとか、そのほかもろもろの人たちのさして重要でもない学説は、ほんのひとにぎりの読者や崇拝者の財産としてつねに残り、いまも残っているだけで、その根本精神がまちがっているために、大衆にはまったく影響を与えることができず、したがって、迷信じみた傷やらこぶやらをつけられるようなめにもあわなくてすんだので、どうみたって重要性などそこに認められないのだが、そういった点が、かえって、その真実性を証拠だてるものとみなされ、バラモンや、仏陀や、ゾロアスターや、老子や、孔子や、イザヤや、キリストの教えは、ただそれがたくさんの人々の生活のしかたに大きな変革を与えたというだけの理由で、迷信にすぎず、誤りにすぎないと、考えられているのである。

ところが、いく十億もの人々がむかしからこの迷信によって生活してきたし、現に、いまでも生活しているというのは、こうした教えが、ずいぶんゆがめられてはしまったものの、それでも、人生の真の幸福にかんする問題にまじめに答えているからなのだ。実際のところ、こういう教えは、多くの人々に同感されていたばかりでなく、いつの時代でも、かならずすぐれた人々の思想の根本として役だってきたのだけれども、学者によって認められているような理論は、ただ彼ら自身のあいだで同感されているだけのことであって、いつもせまい仲間うちで非難しあったり、反駁《はんばく》しあったり、ときには、その寿命も十年ともたなくて、生まれたかと思うとたちまち忘れられてしまったものだ。しかし、こういったような事実をつきつけられても、学者たちにはちっともこたえないらしい。

人生の偉大な教師たちの教え――むかしからいまにいたるまで、人類がそれによって教育され、生活してきた教えがこの社会でおかれている状態くらい、現代の社会を支配しているこうしたまちがった知識傾向を、ろこつに、あらわしているものはない。現在、地球上の住民によって信仰されている宗教は、年鑑の統計欄などによると、千種類もあるという。その宗教のうちには、仏教も、バラモン教も、儒教も、道教も、キリスト教も数えられているのである。そこで、現代の人々は宗教が千もあるということを、まったくの事実として、信じ込んでしまう。そのあげく、千からあるこうした宗教も、いずれにせよ、みんな無意味でくだらぬものだから、研究する値うちはないなどと、決め込んでいる。しかも、現代の人々はスペンサーとか、ヘルムホルツとか、そういったような人たちの新しい気のきいた警句なら知らないのを恥とするくせに、バラモンや、仏陀や、孔子や、孟子や、老子や、エピクテトスや、イザヤのことになると、まったく無知で、ときには名前くらい知っていることもあるが、たいていはそれすら知りもしないのだ。こうした人々には思いつきもしないことだろうが、現在、信仰されている宗教は、実のところ、けっして千種類もあるのではなくて、ただの三つきり、つまり、中国の宗教と、インドの宗教と、ユダヤ・キリスト教（マホメット教という派生もふくんでいるのだが）だけしかないのである。しかも、こうした宗教の本は五ルーブリもだせば買えるし、二週間もあれば読めるうえ、むかしもいまも人類ぜんたいの生活の規範となるこういう本のうちには、ほとんど目にもつかない七パーセントほどの例外をのぞくと、人類のあらゆる知恵、人類を今日あるようなものにしたてきたいっさいのものがこめられているのである。こんな事実になど現代の人々は考えも及ぶまい。

しかし、一般の民衆がこうした教えを知らないばかりか、学者たちにしたところで、特別な専門家ででもないかぎり、なんの知識ももってはいない。本職の哲学者がそういった本に目をとおす必要をまったく認めていないのである。実際、理性的な人間によって意識される人生の矛盾を解決して、人間の真の幸福と生活とを決定したこういう人々の研究が、いったい、なんのために必要なのか、学者たちにはどうしてもわからないらしい。学者たちは、合理的な生き方を知るきっかけとなる人生の矛盾を理解しもせずに、この目でたしかめてみたことがないのだから、そんな矛盾などあるわけがない、人間の生活はただの動物的生存にすぎないと、断言してはばからない始末なのである。

目の見えるものは自分のまえにあるものを、目で見て、理解し判断するけれど、盲人は自分のまえを杖《つえ》でさぐって、杖に手ごたえのあったもの以外は、なにもないと断言しがちなものである。

四　学者たちは、人間の生命という観念を人間の動物的生存という目に見える現象ととりちがえていて、人生の目的についても、そうしたまちがった観点から、結論をくだしている

「生命とは、誕生のときから死にいたるまでひき続いて生物のうちに起こる現象である。人にせよ、犬にせよ、馬にせよ、いずれもそれぞれ特別な肉体をもって生まれるわけで、この特別な肉体が生きることになるのだが、やがて、死んでしまうと、肉体は分解して、ほかの物質に変り、もとの生物として存在しなくなる。生命はあったのだが、その生命が終ったのだ。心臓が脈をうち、肺が呼吸をし、肉体が腐敗しないというのは、すなわち、人や、犬や、馬が生きていることなのであり、心臓がとまり、呼吸がなくなり、肉体が腐敗しはじめたというのは、とりもなおさず、死んでしまって、生命がなくなったことなのである。このとおり、人間の生命にしても、動物と変りはないのであって、肉体のうちで、誕生と死とのあいだに起こる現象にすぎないのだ。これ以上明瞭《めいりよう》なことがあるだろうか？」

動物なみの状態からわずかにぬけだしているだけという無教育で粗野な人々は、生命にたいして、いつもこういったような見方をしてきた。ところが、現代においても、科学者

と自称する学者たちの学説は、生命にたいするこうした粗雑きわまる野蛮な観念を、実に、唯一の真理として認めているのである。人類の身につけた物質的知識を総動員して、このまちがった学説は、数千年もかかって人類が恐ろしい苦労と努力の果てにやっとはいあがってきたもとの無知の闇のなかへ、人々をひきもどそうとしているのである。

この学説の語るところによれば、われわれは自分の生命を自分の意識によって判断することができないのだ。自分のうちの生命を観察するとき、われわれは誤りをおかしやすいからだ、というわけである。われわれの意識のうちでは、幸福にたいする欲求が生命観の根本をなしているのだが、学者たちにいわせると、そうした幸福などという観念はあてにならない幻みたいなものであって、生命はそんな意識で理解されるものではないのだ。生命を理解するためには、ただ物質の運動としておもてにあらわれるその現象面だけに観察をかぎらなければならないのであって、こうした観察と、そこからひきだされる法則だけを拠りどころにすれば、生命そのものの法則も、人間の生命の法則も、かならず発見されるに違いない、というのである。[1]

こうして、このまちがった学説は、個人個人の意識によってはじめて認められる人間の生命という複雑な観念に、生命の目に見えるほんの一部分でしかない動物的生存という面だけをおしつけたうえ、その目に見える現象の研究をまず動物としての人間から始め、ついで、動物一般、植物、物質へとつぎつぎに進めているわけだが、それればかりか、そんなかたよったものの見方をしていながら、研究しているのは生命の二、三の現象面などではなく、生命そのものなのだと、なお、主張してやまないのである。それに、実際、この観察は恐ろしく複雑で、雑多で、錯綜《さくそう》していたうえ、たいへんな時間と労力がかけられていたため、対象の一部を対象ぜんたいと認めた根本の誤りを、しだいに、みんなが忘れてしまって、しまいには、物質や、植物や、動物の目に見える特徴の研究が生命そのもの――意識によってはじめて人に認められる生命そのものの研究だなどと信じ込んで、疑いもしなくなったくらいなのである。

　これは、たとえてみれば、なにかの影を見せられた人がだまされて、思い違いするのを、見せるほうが、また、なんとかして、そのままだまし続けておきたいと、おおわらわになっているのとおなじようなものだ。

「影のうつっているほうしか見ないでください」と見せるほうではいうのである。「それから、とくに、影の本体などさがさないようにしてください。なにしろ、そんな本体なんかもともとないんで、あるのはそこにうつっている影だけなんですからね」

　これとまったくおなじことをしているのが、人生の肝心な定義や、人間の意識のうちの幸福にたいする欲求など無視して、人生を研究する現代の学者のまちがった科学なのである。[2] しかし、粗野な一般の民衆はこんなことに気づきもしない。そこで、このまちがった科学は、幸福にたいする欲求となんのかかわりもない人生の定義を出発点にして、生物の目的を観察すると、そこから人間と縁もゆかりもない目的を見つけだしてきては、そんなものをむりやり人間におしつけているのである。

このうわっつらな観察の認める生物の目的というのは、自己の保存とか、種《しゅ》の保存とか、生殖とか、生存競争とかいったようなものであって、そんな途方もない目的を人間にむりやりおしつけようというわけである。

人生のおもな特徴である矛盾を認めないひくい人生観を出発点とするまちがった科学——この偽りの科学は、最後の結論として、粗野な一般民衆の要求どおり、個人的な生活の幸福を可能と認め、動物的生存の幸福が人間には必要だと認めるようになっているのである。

それどころか、この偽りの科学は、そこに結論の裏づけを見いだそうとした粗野な一般民衆の要求以上に、いまでは、進んでいっている。その結論によると、人間の理性の意識などまったく否定され、かけらほども認められていないばかりか、人間の生活は、動物の生活とぜんぜん変るところがなく、個人と種族の生存競争にすぎない、ということになるのである。[3]

1 （五二頁） 真の科学は、科学ほんらいの位置を知っているので、そのほんとうの研究対象についてもよく心得ているし、謙虚なためにまたいっそう強い力ももっているのだから、こんなようなことはけっして言ったことがなかったし、現に、言ってもいないのである。物理学は力の法則や関係については説くが、力とはなにか、という問題に答えようとはしていないし、力の本質を説明しようともしていない。化学は物質のいろいろな関係については説くが、物質とはなにか、という問題に答えようとはしていないし、物質の本質を説明しようともしていない。生物学は生命の形態については説くが、生命とはなにか、という問題に答えようとはしていないし、生命の本質を説明しようともしていない。力も、物質も、生命も、真の科学にとっては、研究対象そのものではなく、知識のほかの分野から公理としてとられてきた基礎概念——そのうえに、おのおの異なった科学の殿堂を建てるための礎となるものなのである。真の科学は研究対象をこう見ているのであって、こうした科学が一般民衆を無知の闇にひきもどすような有害な影響など与えるわけはない。しかし、まちがった科学のゆがんだ知恵は研究対象をこうは見ないのである。「物質も、力も、生命もわれわれは研究する。われわれが研究すれば、そうしたものもすべて明らかになるに違いない」まちがった科学の使徒たちは、自分たちの研究しているのが物質でも、力でも、生命でもなくて、ただその関係や形態にすぎないということを考えもせずに、こうしたようなことをいうのである。(原註)

2　(五三頁)　人生のまちがった定義についてのべた巻末の「つけたりの一」参照。(原註)

3　(五四頁)　「つけたりの二」参照。(原註)

五　パリサイの徒と学者たちのにせの教えは、真の生活の意味も、生活の指針も、しめしてくれはしない。こうして、いま、人々の生活の指針となっているのは、唯一つ、理性的な意味などにもない生活のただの惰性だけである

「なにも人生を定義しなくたっていいじゃないか。人生がどんなものだぐらい、だれだって知っているんだから、それだけでたくさんさ。そんなことより、一つ、生きていこうじゃないか！」まちがった教えを拠りどころにしている人々は、自分が誤りをおかしているのにも気がつかないで、こんなことをいうものだ。人生とはなにか、人生の幸福とはなにかということを知りもしないのに、こうした人たちは、自分がいっぱし生きているように、思っているのだ。ぜんぜんなんのあてもなしに、波のまにまにただよっている人が、ちゃんと目的地にむかって泳いでいると、ひとり決めにして思い込んでいるようなものである。

ひとりの子どもが、貧乏人のうちなり、金持のうちなりに生まれて、パリサイ式か、学者式の教育を受けたと、考えてみるといい。人生の矛盾とか、人生問題とかいったものも、だいたい、子どもや青年にとっては、まだそれほど深くは感じられないものだから、もと、パリサイの徒の教えにせよ、学者の教えにせよ、いっこうなんの必要もないわけで、

その生活を指導する力さえないわけなのだ。しかし、子どもはまわりにいる人たちの手本にならって、成長する。しかも、この手本というのが、パリサイの徒だろうが、学者だろうが、みんなおなじようなもので、いずれにせよ、個人的な生活の幸福だけを求めてあくせくし、そんなことしか教えこまない手本なのである。

もし両親が貧しければ、その子は親からこんなことを知らされるだろう。「人生の目的は、なるたけ働かないで、すこしでも多くのパンと金を手にいれ、動物的な自我にできるかぎりの満足を与えてやることである」また、もしその子が裕福なうちに生まれたならば、こんなふうにさとるだろう。「人生の目的は、できるだけ愉快に楽しく時を送るため、富と名誉をもつことである」

貧乏人にしてみれば、身につけたいっさいの知識は、自分自身の幸福をますためにだけ、必要なのだ。金持にとっては、身につけた科学や芸術のいっさいの知識も、いくら科学や芸術の意義について高尚らしい口をきいたところで、ただの退屈ざまし、気持のいい暇つぶしとして、必要なのにすぎないのである。だから、いずれの場合にせよ、長く生きれば生きるほど、世間の人々を支配している卑俗な観念がますます強く心の底に根をおろすことになる。ふたりとも、それぞれ、結婚して家庭をいとなみ、家族にひかされて、あくせくと、動物的な生活の幸福をまえにもまして血まなこになって追い求めるうちに、他人との闘争もいよいよ苛烈《かれつ》になるばかりで、個人的な幸福だけをひたすらねがって生活する習慣（惰性）も、いつか、まったく身について離れなくなってしまうのである。

もしこのふたりのうち、貧乏人にせよ、金持にせよ、どちらかがこんな生活の合理性にふと疑いをいだいたとしても、それぱかりか、また、子どもの代にも続くに違いないこうした無目的な生存競争があるのはなんのためかとか、自分にしても、子どもにしても、ついには苦痛に終るみかけだおしの享楽を追いまわしてやまないのはなぜかとかいう問題を、つくづく、感じたとしても、実際のところ、とうのむかし、数千年もまえにあらわれて、これとおなじ疑問を解決した人類の偉大な教師たちのことや、その残した人生の定義のことなど、この男たちの知るようになる機会はほとんどないに違いない。パリサイの徒や、学者たちの教えがいたるところにはびこっていて、正しい教えの光をさえぎっているのだから、そんな機会にめぐまれることなど千に一つもないのである。

「こんな不幸な人生はなんのためにあるのでしょうか？」こう聞くと、その聞かれた相手がパリサイの徒なら、「人生とは不幸なものなのだ。いつだってそうだったし、これからさきだってそれは変るまい。人間の幸福はいま生きている現在にはない。幸福があるのは生まれてくるまえの過去と、死んだあとの未来なのだ」と、決まって、こんなふうに答えるのだ。バラモン教徒にしても、仏教徒にしても、道教信者にしても、また、ユダヤ教徒や、キリスト教徒にしても、これとおなじようなことをいつも語っている。こうした人たちにいわせると、現在の生活は悪である。その悪の原因は過去に——この世と人間の出現にある。現世の悪のつぐないは未来に——死後の世界にある。この世ならぬそうした来世の幸福を手に入れるために人間にできることといえば、ただひとすじに、自分たちの説く教えを信じて、自分たちの命ずる儀式を実行することだ、というのである。

ところが、世間の人がみんな個人的な幸福を求めて生きているばかりか、そういうパリサイの徒自身もこれとまったく変らぬ生活をしているのを見て、その説明の真実性に疑いをいだいた人は、もうパリサイの徒をぜんぜん信用せず、その答の意味をほりさげて考えてみようとはしないで、こんどは、学者たちに疑問をといただそうとする。

「われわれが動物に見るような生活のほかに、来世とかなに世とかいうものの存在など説く教えは、すべて、無知の所産というほかはない」学者は学者でこういうのである。「生活の合理性に疑いをもったきみの考えというのも、はっきりいえば、くだらない空想だ。宇宙にしても、地球にしても、人間にしても、動物、植物にしても、その生活には、それぞれ、法則というものがある。われわれが研究しているのはその法則なのだ。われわれは宇宙や、人間や、動植物や、いっさいの物質の起源をしらべている。将来この宇宙になにが起こるかとか太陽はいかに冷却するかとかいったようなこともしらべているし、むかしからいまにいたる人間やいっさいの動植物の変遷、また、その将来の運命も研究している。実際、われわれはこの宇宙の万物が、過去において、われわれのいうとおりのものであったと主張できるだけでなく、将来においても、われわれのいうようになるであろうと、自信をもって断言できるのだ。それればかりか、われわれの研究は人間生活の幸福にも大いに貢献している。しかし、きみの生活のこととか、幸福をねがうきみの気持のこととか、そういうことになると、まったくなんとも答えかねる。とにかく、まあ、こんなことならきみだって百も承知だろうが、生きている以上は、せいぜいすばらしく生きることだ」

こうして、人生に疑問をいだいた人が、パリサイの徒からも、学者からも、いっこう満足な解答が聞けないために、もともとどおり、生活の指針などなにもないまま、その場その場の衝動にまかせて、生きていかなければならなくなるのである。

こうした人たちのあるものは、パスカルの故智にならって、「パリサイ派の連中は、その命ずるところをおこなわないとむくいがあるとか言って、おどかしているけれど、そんなことがほんとうにあるものだろうか？」と考えて、暇を見てはそうしたパリサイの徒の命令を、ことごとく、実行してみる（別に損はいかないのだし、ひょっとしたら、思わぬ利益があるかもしれないのだ）。また、あるものは、学者の意見に同意して、現世以外の生活とか、宗教的な儀式とかいったものはいっさいあたまから否定して、「自分ばかりがこうじゃない。むかしもいまも、みんながこんなふうに暮らしてきたんだ。なるようにしかなりゃしない」と考える。この二つの違った行き方は、どっちもどっちで、あまり感心したものではない。どちらも、現在暮らしている生活の意味のこととなると、まるきりなんの説明もできない有様である。

だが、それにしても、生きなければならない。

ところで、生きていくとなると、人間の生活は、朝起きてから夜とこにつくまで、さまざまなおびただしい行動でうずまっていて、毎日毎日、人は自分のすることを、ほかにもやればできないこともない実にたくさんな行動のうちから、たえず選んでいかなければならないのである。そういう行動の指針ということになると、天上の生活の神秘を説くパリサイの徒の教えも、宇宙や人間の起源をしらべ、その未来の運命まできわめる学者の教えも、ぜんぜん役にたたない。しかし、人は、自分の行動を選ぶのになにか指針となるものがなくては、生きていけないのだ。そこで、いやおうなく、人間社会にいつも存在してきたうわっつらな生活の指針にしたがって、理性的な判断からいよいよ遠ざかってしまうことになるのである。

こうした指針は合理的な説明をまったく欠いているのだけれど、この世のすべての人の行動の大部分を支配している。いわば、この指針は人間社会の生活のただの習慣なので、その支配が強ければ強いほど、ますます人は自分の生活の意味を理解しなくなるのだ。この指針は、だから、これとはっきり説明できるような定まったものではなくて、時と所によって、実にさまざまなあらわれ方をするものである。中国人の祖先の位牌《いはい》にまつる蠟《ろう》燭《そく》、マホメット教徒の聖地巡礼、インド人のくり返す祈りの言葉、軍人の名誉とする軍服――忠誠をささげる軍旗、社交界の人士の決闘、コーカサス人の仇討、また、さだめの日にはかならずとる決まった食事、子どもにさずけるある種の教育、それに、訪問とか、すまいの決まりきった飾りつけとか、葬式や出産や結婚のお決まりの祝いごと祭りごととか、人間の生活を数かぎりなく満たしている事件やら行動は、すべて、そうした指針のあらわれにすぎない。普通礼儀とか慣例とかよばれているもの、いや、よく義務とか神聖なつとめとかよばれているものでさえ、まったく、その例外ではないのである。

そして、世間の大部分の人々は、学者やパリサイの徒の教えのほかに、現に、こういう指針にしたがって暮らしているのだ。実際、ひとりの人間が、子どものころから、自分のまわりで目にするものといったら、どこへいこうが、もったいぶった顔つきで、なんの疑いももたず、こんなふうなことをして日を暮らしている人たちだけなのだから、人生の理性的な解釈など考えもつかないまま、自分でも、見よう見まねで、おなじようなことをし始めるばかりか、そんなふうないろいろなことに合理的な意味をむりにでもつけようと、やっきになったりする始末なのである。この人間にしてみれば、そんなふうなことをして暮らしている人々が、なんでそうしているのか、少なくとも本人には、説明もついているのだろうと、信じなければいられない気持なのだ。そこで、そんなふうなことはいずれにせよ合理的な意味をもっているのだから、たとえ自分にはその意味の解釈がうまくつかなかったとしても、ほかの人たちにはちゃんとわかっているのだと、信じようとする。ところが、ほかの人たちにしたところで、たいていは、やっぱり、人生の合理的な解釈などできはしないのであって、この人間とまったく変りのない状態におかれているのである。こうした人たちがそんなふうにして暮らしているのも、はたがみんなそうしているため、おなじにしなければいけないような気がするからなのだ。こうして、人は、心にもなく、たがいにあざむきあいながら、合理的な意味のまるでないこんな暮らし方にいつかすっかりなれてしまうばかりか、そんなふうなことに自分でもわけがわからない神秘めかした意味をつけるのにも、しだいになれてしまうのである。自分たちのしていることにどんな意味があるのか納得がいかなければいかないほど、疑わしければ疑わしいほど、いよいよそうしたことを重要視して、もったいらしく実行するわけだ。貧乏人も、金持も、まわりの人のすることを、やはり、おなじように実行しながら、ほんとうにだいじなことでなかったら、なにも、あんなに多くの人たちがむかしから実行して、他人《ひと》にも勧めたりするはずはないなどと考え、安心しきって、それを自分の義務だとか、神聖なつとめだとかよぶ始末である。そして、人は、自分がなんのためにそんなふうにして生きているのかたとえ知らないまでも、ほかのものはちゃんと知っているのだと、むりにも信じようとしながら、すっかり年をとって死んでしまうまで、暮らしていくのだ。ところが、そういうほかの人たちだって、実は、そんなことなどろくにわかっていないのだから、やっぱり、おなじようなことをおなじように考えて、暮らしているだけのことなのである。

新しい世代の人々がこの世に生まれおちて成長すると、まず見るのが普通人生とよばれているこうした生活の雑沓《ざっとう》なのだ。しかも、尊敬を一身に集めている押しも押されもせぬ白髪の老人の姿までそこに見られるものだから、こうしたなんの意味もないただの混雑が、とりもなおさず、人生で、ほかに生活のしようはないのだと思いこみ、人生の戸口で押しあいへしあいしたきりで、この世を去っていくのである。ちょうど集会というものを見たことのない人が、入口で押しあいへしあいがやがや騒いでいる人を見ただけで、それを集会そのものと早合点してしまったうえ、戸口のところでちょっと押しあったきりなのに、すっかり集会にでたつもりになって、つっつかれた脇腹をおさえおさえ、うちに帰るようなものである。

人は山をうがったり、世界を飛びまわったりする。電気、顕微鏡、電話、戦争、議会、博愛、党派争い、大学、学会、博物館……さまざまなものを使って、さまざまな活動をする。しかし、こうしたことがはたして人生だといえるだろうか？

貿易とか、戦争とか、交通とか、科学とか、芸術とかいったものにともなう人間のはげしい複雑な活動は、大部分、人生の戸口でひしめいている愚かな群衆の雑沓にすぎないのである。

六　現代人の意識の分裂

「けれど、きみたちにつげよう。死人が神の子の声を聞き、聞いて、よみがえるときが来るだろう。すでにそのときが来たのだ」（ヨハネによる福音書五章二五節）ほんとうにそのときは来るのである。現に、死んでからはじめて生活は幸福となり理性にかなったものとなるとか、個人的な生活だけが幸福で理性にかなったものだなどと、どんなに信じようとしてみたところで、どんなに説きつけられたところで、人はとてもそんなことを信じる気にはなれない。人は、その心の奥底に、自分の生活を幸福にしたい、合理的な意味のあるものにしたいというやむにやまれぬ要求をもっているのだけれど、実際には、そうした死後の生活とか、不可能な個人の生活とかいったものを別にすれば、行く手に目的らしい目的がなにもないのであって、生活は不幸であり無意味なのである。

来世のために生きるのがいいのだろうか？　人はこう考える。しかし、自分にとって人生の唯一の見本ともいうべきこの生活――自分のいまの生活が、なんとしても、無意味だとしか思えなければ、人は、そのほかに合理的な生活があるなどとは、自分の実感として、とても信じられないばかりか、むしろ、一歩進んで、人生とは本質的に無意味なもので、無意味な人生以外には、どんな生活も考えられないと、断言しないではいられなくなるのである。

自分のために生きるのがいいのだろうか？　しかし、考えてみるまでもなく、自分の個人的な生活は不幸で無意味なのである。では、家族のために生きたらいいのか？　仲間のためか？　それとも、祖国、人類のためか？　だが、自分の個人生活が不幸で無意味だとすれば、ほかのすべての人たちの個人生活も、やはりまた、無意味なのだから、そうした無意味で不合理な個人生活をいくら無数によせ集めてみたところで、まとまった一つの幸福で合理的な生活ができあがるわけはない。それなら、自分でもわけのわからぬまま、他《ひ》人《と》のしていることをそっくりまねして、生きていけばいいのだろうか？　けれど、知ってのとおり、ほかの人たちだって、やはりおなじことで、自分がいましているようなことをいったいなんのためにするのか、自分でもさっぱりわかっていない有様なのだ。

　だが、理性的な意識がまちがった教えをのり越えて成長し、人が人生のただなかに立って、説明を求めるその時は、すでに、せまっているのである。[1]

　暮らし方の自分と違う人とは付合おうともしない変人か、自然を相手の苦しい仕事にたえず追いたてられ、自分の口をやしなって命をつなぐだけでせいいっぱいという人か、そんなような人でもなければ、例の義務とかつとめとかよばれてはいるが、ぜんぜんくだらない無意味なことを実行して、それが自分の本来の義務だなどと、腹の底から、思い込むことなどないはずだ。

　来世の幸福のために現世の生活の否定（言葉だけのことだが）を説いたり、自分ひとりの動物的な生存を人生だとし、例のいわゆる義務を人生の仕事だとしてはばからなかったりするような偽り――こうした欺瞞《ぎまん》が大部分の人たちにはひと目で見ぬけるようになるうえ、個人的な生存の無意味で不幸なのにも気がつかず、ぼんやり生きていけるのも、ただ、貧乏のあまり打ちのめされてしまった人たちとか、放蕩《ほうとう》生活がすぎてふぬけにされてしまった人たちだけになるときが、近づいているどころか、すでに来ているのである。

人々は理性的な意識にますます目ざめ、自分をほうむった暗い無知の墓のなかでつぎつぎとよみがえっているのだ。そして、人間生活の根本矛盾は、それを見まいとして立ちすくむ人々の足もとから、恐ろしく力強くはっきりと、みんなの目のまえに、その姿をあらわしはじめてきたのである。

「自分の生活というものは、けっきょくのところ、自分が幸福になりたいという望み以外のなにものでもない」目ざめた人は考える。「だが、理性のささやきにひとたび耳をかたむければ、こんな自分ひとりの幸福などという考えはまったくの妄想でしかなく、自分がなにをしようが、なにを手に入れようが、行きつくさきは、かならず、苦痛や、死や、破滅と相場が決まっている。幸福になりたい、生命を味わいたい、理性にかなった生き方がしたいと自分は思っているのに、その自分を見ても、自分のまわりを見ても、あるものといえば不幸と、死と、無意味ばかりである。どうしたらいいのか？　どんなふうに生きたらいいのか？　なにをしたらいいのか？」――しかし、答はないのだ。

人は自分のまわりを見まわして、答を求めるが、見つからない。自分になんのかかわりもない疑問になら答えてくれる教えもいろいろあるが、肝心の自分のいだいている疑問となると、どこを見ても、なんの答もない有様、ただ目につくものといえば、他人がわけもわからずやっていることを、やっぱり、自分もわけなどわからずやっているこの世の人々のむなしい生活図絵だけである。

だれを見ても、みんな、自分のいまの状態のみじめさも、自分のしていることの無意味さも、まるで感じないような顔をして、生きている。「あの人たちか、この自分か、どっちかが、きっと、理性をなくしてしまったに違いない！」と目ざめた人は考える。「ところで、だれもかれもがみんな理性をなくしてしまうなんて、とても考えられないから、おかしいのは、さしずめ、自分のほうということになる。しかし、そんなはずはぜったいにない。こうしたことを考えるほど理性的なこの自分がおかしいなんてはずはない。たとえ世界じゅうの人たちから異端と見られ、たったひとりきりになろうとも、自分のほうを信じないわけにはいかない」

こうして、人は、その魂をひき裂く恐ろしい疑問にせめられながら、自分の孤独をひしひしと身に感じるのである。だが、それでも、生きなければならないのだ。

「生きるんだ」と、自分のうちで、一つの声——本能の強い指示が聞こえる。

「生きてはゆけない」と、やはり、自分の心のうちで、もう一つの声——理性の言葉がきこえる。

人は自分が二つにひき裂かれるのを感じる。そして、この分裂が人の心をせめさいなむ。こうした分裂や苦痛の原因は理性にあると、人は考えないわけにはいかなくなる。

理性、人間の最高の能力であって、生きていくのになくてはならぬ理性、生存の方法や、享楽の方法を、自然の暴力にさらされている素裸の頼りない人間に、教える理性――この理性が人間の生活をこのうえもなく苦しい不愉快なものにしてしまうのである。

生物の世界では、どんな生物の場合でも、それぞれの持前の能力というものは、生存するうえにぜったいに必要なばかりか、実際に、その幸福のために役だつのだ。植物にせよ、昆虫にせよ、動物にせよ、それぞれの法則にしたがって、おだやかで楽しい幸福な生活を送っている。ところが、それが人間になると、自然からめぐまれたこの最高の能力も、けっきょく、恐ろしく苦しい状態に人間を追いやるばかりなので、近ごろでは、こういう理性の認めた内面の矛盾からくる不安――現代になっていよいよぎりぎりのところまで深刻さをましたその不安から、なんとかして逃れようと、もつれもつれて始末のつかなくなった自分の人生の問題を、いっきょに解決する道――自殺に走るものが、日ましに、数をましていく始末なのである。

1 （六六頁） 巻末の「つけたりの三」参照。（原註）

七　意識の分裂は人間生活と動物生活との混同から起こる

人は、心のうちに目ざめた理性的な意識が自分の生活をずたずたにひき裂いて、生活の流れをとめてしまうように思うのだが、そんなふうに思うのも、人がただ、ぜんぜん人生でもなんでもないようなものを、自分の生活だなどと考えるからにすぎないのである。

人生とは生まれるとすぐ始まる個人的な生活にほかならないと説く現代のまちがった教えを受けて、育ってきた人にしてみれば、自分が赤ん坊や小さな子どもだったときにも生活していたというような気がするので、やがて、青年となり、大人となるまで、たえまなく、ずっと自分が生活してきたように思ってしまう。だから、こうした人の考えでは、生活の流れが、なんだか突然、かき乱され、とめられてしまって、どう考えてみても、これまでのようには生きていけなくなった、こんなことになるまえは、日常ふだん、たえずちゃんと生活してきたものだ、ずいぶん長いこと、そうやってちゃんと生活してきたのに、と思うのである。

そのうえ、まちがった教えは、人生とは人が生まれてから死ぬまでのことだという観念を、しっかりと人にうえつけてしまったものだから、そうした頭で、目に見える動物的な生活を見ているうちに、人は目に見える生活の観念と自分の意識とを混同してしまい、自分の目に見えるこの生活がほかでもない、自分の人生だと、すっかり信じ込んでしまったのである。

ところが、人のうちに目ざめた理性的な意識は、動物的な生活のために満たされないいろいろの要求をもちだして、こうした人生観の誤りを教えようとするのだけれど、骨がらみになって人のうちに残っているまちがった教えが、その誤りを認めさせまいとする。そこで、人は動物的な生存を人生と見る見方がすてられず、かえって、自分の生活の流れが、理性の目ざめによって、とまってしまったように思うのだ。しかし、こうして人が自分の生活とよんでいるもの、いまその流れがとまってしまったと思っているようなものは、実際には、いまだかつて存在したためしなんかなかったのである。人が自分の生活とよんでいるもの、つまり、生まれたときからの自分の生存は、けっして自分の生活とよべるようなものではなかったのだ。生まれたときからこの瞬間までたえず自分が生活してきたなどと、人が思い込んだりするのは、ちょうど、夢を見たときの錯覚と似たような意識の迷いにすぎない。つまり、目がさめるまではどんな夢もなかったので、そうした夢はみんな目がさめる瞬間に作られたものなのだ。理性的な意識の目ざめるまではどんな生活もなかったので、過去の生活についての観念は理性的な意識の目ざめたときに作られたものなのである。

人は、子どものころには、動物とあまり変るところのない生活を送っていて、人生のことなどなに一つ知りはしない。もし人が十か月しか生きなかったとすれば、自分の生活のことも、ひとの生活のことも、ぜんぜん知らないでしまったろう。ちょうど母の胎内で死んでしまったのと変りがないくらい、人生のことなどほとんど知らないでしまったに違いない。いや、子どもばかりか、理性の発達していない大人や、まったくの白痴《はくち》も、やはり、自分が生きていること、ひとが生きていることの意味など知ることができないのだ。したがって、こうした人たちは人間として生活していないことになる。

理性的な意識のないところには、人間としての生活もないのだ。理性的な意識——過去、現在の自分の生活やひとの生活を同時に人間にしめしたうえ、こうした生活から当然生まれないではいないすべてのこと、苦痛とか死とかいったものもはっきりさししめすこの意識、つまり、人間のうちに個人的な生活の幸福を否定する気持と、生活の流れをとめてしまうかと思われるほどの矛盾とをよびさますこうした意識のあらわれをまって、はじめて、人間としての生活が始められるのである。

人は、自分のそとにある目に見えるものを定義するときのように、自分の生活まで、とかく、時間によって定義しようとするものだ。そんなところへもってきて、肉体の誕生の時と一致しない生活が、自分のうちで、いきなり意識されるものだから、時間によって定義されない生活がこのとおりちゃんとあるのに、それがほんとうとは、どうしても信じる気になれない始末なのである。しかし、人がいくら、時の流れのうちに、自分の理性的な生活のはじめになると考えられそうな一点をさがし求めてみたところで、それはけっして見つかりはしないだろう。[1]

人は、思い出のうちに、この一点、こうした理性の意識の始まりを見つけることなどけっしてないに違いない。そこで、理性的な意識はいつも自分のうちにあったと、人は想像する。たとえ人がなにかこうした意識の始まりと似たようなものを見つけたにしても、それはもうけっして肉体の誕生などという点には求められず、肉体の誕生とはちっともかかわりのないところで見つけられることになるだろう。自分の理性的な意識の発生が、その肉体の誕生とは、ぜんぜん違ったものとして自覚されるのだ。つまり、人は自分の理性的な意識の発生を考えるとき、理性的な存在であるこの自分がこれこれの年に生まれた父母の息子で、祖父母の孫だなどとはけっして考えたりせず、いつも自分をそんなだれかの息子としてではなくて、時も場所もへだてた縁もゆかりもない人間——ときによると、数千年もむかし、この世の別のはしに住んでいたかもしれない理性的な人間の意識と一つにとけあうようなものとして、自覚するのである。こうして、理性的な意識のうちでは、人は自分の出身など問題にせず、ほかの理性的な意識と、時間や空間を越えて一つにとけあうのを自覚する。こうして、他はおのれの中に入り、おのれは他の中に入るのである。人間のうちに目ざめたこの理性的な意識が、普通人生と思われているいかにもそれらしい生活の流れをとめてしまうような働きをするので、迷いやすい人々は、この意識の目ざめた瞬間から、生活の動きがどうにもとれなくなり、にっちもさっちもいかなくなったように思うのである。

1（七三頁）　人間の生活ないし生活一般の発生や発達を時間の観念で説明しようとする議論くらい、よく聞かされるありきたりな議論もなかろう。こんな議論をする人たちは、自分が現実の大地にしっかりと足をつけているように思っているのだが、その実、生活の発達を時間の観念で説明しようとするこうした議論くらい、空想的なものはないのである。こういう議論は、たとえてみれば、ちょうど線を測ろうとする人が、自分の立っている動かぬはっきりした一点から尺度をあてていこうとせず、自分からははなれていてはっきりしないあやふやな一点を、無限に続く線のどこかに、いいかげんにおいて、そこから自分のところまで空間を測ろうというのと、似たようなものだ。人間の生活の発生や発達を論じる場合、いまいったような人たちはこれとまるきりおなじことをやっているのではなかろうか？　実際、人間の生活の――過去からの――発達を象徴する無限の線のどこに最初の一点を――思いつきにもひとしいこうした一点をおいたらいいのだろう？　どの一点からこういった人間生活の空想的な発達史をとき起こしたらいいのだろう？　子どもの受胎ないし出産をとるか、両親のそれをとるか、あるいは、さらにさかのぼって、原生動物とか、原形質に求めるか、または、太陽から最初に分かれたそのきれはしに求めればいいか？　こう考えてみると、こんなふうないっさいの議論は、まったくかってきわまる空想論――なんの尺度ももたない、ずさんな理論だというほかはあるまい。（原註）

八　分裂や矛盾はない。そうしたものは、まちがった教えにとらわれているときにだけ、あらわれるものにすぎない

現在、人々を教育し、その支えとなっている教え――つまり、人間の生活は生まれてから死ぬまでの動物的な生存にすぎないと説くまちがった教えだけが、理性的な意識に目ざめるやいなや人々の感じるあの苦しい分裂を、ひき起こすのである。

こうした状態のうちで迷いぬいている人には、人生が、自分のうちで二つに分裂してしまったように思われるのだ。

人は自分の人生が一つだと知ってはいるものの、二つのような気がしてならない。二本の指をしばって、そのあいだに小さな玉をころがすと、玉は一つだと知っているのに、二つもあるような感じがするものだが、ちょうど、これとおなじようなことが、まちがった人生観をいだく人にも、起こるのである。

こういう人の理性はまちがった方向にむけられている。ぜんぜん人生でもなんでもないような自分ひとりきりの肉体的な生存を人生と認めるように、教えられてきている。ただの空想でしかないこうしたまちがった人生観でもって人生を見て、人は、自分が空想したのと、実際にあるのと、このふたとおりの人生をそこに見るのだ。

こういった人には、理性の意識によって、個人的な生存の幸福を否定することとか、他人の幸福を一生懸命ねがってやることなどが、なにか病的で不自然な気がする。

しかし、理性的な存在である人間にとっては、個人の幸福や生活を否定することなぞ、個人的な生活そのものの本質からいっても、それとうらはらの理性的な意識の本質からいっても、実に当然ななりゆき、結果にすぎないのだ。個人の幸福や生活を否定することが、理性的な人間にしてみれば、その生命の自然な本質なのであって、ちょうど鳥にとって羽で飛ぶのが、足でよちよち走るより、自然なのとおなじ理屈なのである。たとえ羽のはえかけたひな鳥がよちよち走ったにしたところで、それは、別に、飛ぶのがその鳥の本性じゃないという証明にはならない。また、たとえわれわれが、身のまわりに、人生の目的は個人の幸福にあるなどと、まだ目ざめない意識で考えている人たちを見かけたにしても、それは、なにも、理性の意識によって生きるのが人間の本性じゃないという証明にはならないのだ。人が自分の本性を生かす真の生命に目ざめるというただそれだけのことが、今日の世界に、これほどひどい病的な緊張をよび起こすのも、もとはといえば、生命の幻が生命そのもので、真の生活の出現によって生命は破壊されるなどと、人々をいいくるめるのにおおわらわなまちがいもはなはだしい教えが、いまの世に、おこなわれているからなのである。

こうした世界でもって真の生活に入ろうとする人たちには、女の本性のまだかくされている処女に起こるのと、ちょうどおなじようなことが起こるのだ。性の成熟のしるしを感じると、そうした処女は、その状態が未来の家庭生活――母としての義務と喜びを約束する未来の生活への呼びかけなのも忘れ、ただもういちずに病的で不自然な状態だと思い込んで、よく、絶望にうちしずんだりするものである。

これと似た絶望を現代の人々も、真の人間生活に目ざめる最初のしるしを感じたとき、経験しなければならないのだ。

理性的な意識が目ざめているのに、あいかわらず、個人の生活としてしか自分の生活を理解できないでいる人――こうした人のおかれている状態は恐ろしく苦しいものに違いない。たとえてみれば、物質の運動こそ自分の生活にほかならないというので、自分ほんらいの生活の法則などまるですてさってかえりみず、いっこう努力しないでも自然とおこなわれる物質の法則にしたがうことだけにしか、自分の生活の意味を見ようとしない動物――こんな動物のおかれている状態に近いとでもいえよう。こうした動物だったら、苦しい内面の矛盾と分裂とを、経験しているに違いあるまい。物質の法則だけにひたすらしたがっているのだとすれば、横になって息をするよりほかに生活のしようはないだろうが、しかし、本能はそれとぜんぜん別なこと――自分の体を養って、種族をたやさないようにすることを要求せずにいないだろう。そうなると、この動物も自分が分裂や矛盾を感じているような気がするに違いない。「生活の目的は」と考えないではいられなくなる。「重力の法則にしたがうことなんだ。つまり、じっと動かず横になって、体内におこる化学作用にしたがっていさえすればいい。現におれはそうしているのだけれど、ところで、それだけではどうやらすまないらしい。やっぱり、動かなくちゃならないようだ。食わなけりゃこまるらしい。それから、めすも探してこないわけにはいくまい」

この動物はこんな状態にさんざん悩まされて、そこに苦しい矛盾と分裂とを認めることになるだろう。これとおなじことが、人生の低い法則——動物的な本能を自分の生活の法則と認めるように教えられてきた人にも、起こるのである。人生の最高の法則——理性の意識の法則は別なことを要求しているのに、まわりのみんなの生活や、まちがった教えがその意識をくもらそうとするので、人は矛盾や分裂を感じないわけにいかないのだ。

しかし、それはむだな苦しみというものだ。ちょうど、例のたとえの動物が、その苦しみから解放されるには、物質の低い法則ではなく、本能というほんらいの生活の法則を自分の法則として認めたうえ、それにのっとりながら、物質の法則もうまく利用して、生活の目的を満足させればいいのとおなじことで、人間も、また、自分の生活を本能の低い法則のうちではなく、その法則もふくんだ最高の法則——理性の意識によって啓示された法則のうちに認めさえすれば、たちまち、矛盾は消えさって、本能も意のままに理性の意識にしたがうばかりか、それに奉仕するようにさえなるだろう。

九　人間のうちに秘められた真の生命の誕生

人間という存在のうちに真の生命のあらわれる経過を観察して、しらべてみると、よくわかるのだが、真の生命というものは、穀つぶのうちに生命がひそんでいるのとおなじように、人間のうちにいつもひそんでいて、時が来ると、その姿をおもてにあらわすものである。人が動物的な本能にひかれながらも、理性の声を耳にして、そんな自分ひとりの幸福などしょせん不可能で、ほかになにか別な幸福があると知るとき、すでに真の生命はその姿をあらわしたわけなのだ。そこで、人はこの別な幸福――遠くにぼんやりと見える幸福にじっと目をこらすのだが、それを見分けるだけの力がないから、はじめは、そんな幸福など信じないで、もとの個人的な幸福にまいもどってしまう。しかし、別な幸福のことだとこんなにあいまいな教え方しかしなかった理性的な意識も、個人的な幸福の不可能を説くだんになると、あいまいなところなどこれっぽかりもなく、いかにも確信ありげだから、人はまたまた個人的な幸福を否定して、この新しい別な幸福に目をむけるようになる。理性にかなった幸福はまだ見えないけれども、個人的な幸福がこれほどはっきりすてさられてしまっては、もうこのうえ個人的な生存を続けていくわけにはいかないのだ。こうして、人の心のうちには、理性的な意識と動物的な意識との新しい関係ができはじめる。人はほんとうに人間らしい生活に目ざめはじめる。人間のうちに真の生命が誕生するのだ。

物質界で、なににせよ、ものの生じるさいに起こるようなことが、ここでも、起こるわけである。胎児が生まれるのは、別に、生まれたいとか、生まれたほうがいいとか思うからでも、生まれるのがいいことだと知っているからでもなくて、ただ、いまではすっかり成熟してしまって、もとのままでは生きていられなくなったからにすぎない。なにも、新しい生活のほうから呼びよせたわけではなく、もとのままでは生きる可能性がなくなってしまったので、新しい生活に入ったまでなのだ。

理性の意識も、気のつかぬまに、人間の自我のうちで育っていって、ついには、せまい自我のうちでは生きられなくなるまでに、成長するのである。

ここで、いっさいのものの生まれるときに起こるのとまったくおなじことが、起こるわけだ。生命のもとの形の穀つぶがこわれて、新しい芽ばえが生じることにしたって、穀つぶがくさってもとの形がじわじわくずれていくにつれ、芽ばえがのびていくことにしたって、くさっていく穀つぶが、それでも、やっぱり、芽ばえの養いとなっていることにしたって、みんなおなじことで、理性の意識の成長にしても、これとなんの変りもないのである。理性の意識の発生と目に見える肉体の誕生との違いは、われわれから見ると、つぎのような点にある。つまり、肉体の誕生の場合は、われわれは、いつ、なにから、どういうふうにして、なにが生まれるかということを、時間と空間のうちに、はっきり認めることができるわけで、穀だね、つまり、穀もつの実をとりあげてみても、一定の条件さえ与えれば、そのたねから植物が芽をだし、花を咲かせ、やがて、たねとおなじ実をつける（こうして、生命の循環はわれわれの目のまえですっかり完成されるのだ）ということをちゃんと知ることができるのに、理性の意識の成長は時間のうちで認めることもできないし、その循環を見るわけにもいかない。こうした点に違いがあるのだ。しかし、われわれが理性の意識の成長や、その循環を見ることができないのは、ほかでもない、われわれ自身がそれをおこなっているからにすぎないのだ。つまり、われわれのうちで理性の意識というこの目に見えぬものが生まれるので、その誕生は、とりもなおさず、われわれの生活にほかならないのだから、したがって、われわれはどうしてもそれを見ることができないのである。

われわれがこの新しいものの誕生、動物的な意識にたいする理性の意識の新しい関係を見ることのできないのは、ちょうど、たねがその茎の成長を見ることのできないのと、おなじことだ。また、理性の意識がかくれていた状態からぬけだして姿をあらわすとき、われわれは矛盾を感じるような気がするものだが、そんな矛盾などぜんぜんないのは、芽をだしたたねに矛盾がないのと、まったくおなじことである。芽をだしたたねに見られることといったら、もともとたねのからのなかにあった生命が、いまでは、芽のうちにあるということだけだ。理性の意識に目ざめた人の場合も、ちょうどそれとおなじことで、そこにはなんの矛盾もなく、あるのはただ新しいものの誕生、動物的な意識と理性の意識との新しい関係の発生にすぎないのである。

もし人が、他人《ひと》の生きていることも知らず、享楽のはかなさも知らず、自分のいつかは死ななければならぬのも知らないで、生存しているだけだったら、人は自分が生きているということも、自分のうちに矛盾などないということも、やっぱり、知らないでしまうに違いない。

そうではなくて、もしも人が、他人《ひと》も自分とおなじだとさとり、自分の存在が苦痛におびやかされているばかりか、じりじりと死に近づいてゆくだけのものでしかないと知るならば、そして、自分のうちで、理性の意識がとらわれた自我の壁をつきくずしはじめたのをはっきりと感じるならば、人はもうこれ以上このくずれてゆく自我に自分の生活をゆだねてはおけなくなって、目のまえにひらけた新しい生活へとびこんでいくことになるだろう。しかも、そこにも、やはり、矛盾などないのは、ちょうど、芽をふいてだんだんくさってゆくたねに、矛盾がないのと、おなじことである。

一〇　理性とは人間によって認められている法則で、人生はそれにのっとって完成されなければならない

人間の真の生活は、動物的な自我をおさえようとする理性の意識として、あらわれる。したがって、動物的な自我の求める幸福が否定されるとき、はじめて、真の生活が始まるのである。理性の意識がめざめるとき、動物的な自我の幸福は否定されるのである。

しかし、いったい、理性の意識とはなんだろう？　ヨハネによる福音書はつぎのような文句で始まっている。「はじめに言葉、Logos（ロゴスとは理性、叡智《えいち》、言葉のことである）ありき、」いっさいのものがそのうちにあり、そのうちからいっさいのものが生じる、つまり理性はほかのすべてのものを定義するけれど、ほかのものからまったく定義されないものだ、というのである。

理性は定義しようとしても、定義することなどできないものだ。われわれの定義する必要などないものだ。なぜなら、われわれみんなが理性というものを知っているばかりか、ただそれだけがわれわれの判断の根本となっているからである。人がたがいに接触しあって、まず痛感させられることは、ほかのことではない、だれにも納得のいくこうした理性にみんなが一様にしたがって、生きていかなければならないということなのだ。理性こそ

この世に生きるすべての人を一つに結びつける唯一の基礎だと、われわれは信じないわけにいかない。人がなによりも確実になによりもさきに知るのは理性なのだ。だから、われわれのこの世で知っていることは、すべて、こうした疑う余地のない理性の法則にちゃんとかなうものなのであって、それだからこそ、われわれもそれを知るわけなのである。われわれは理性を知っているばかりか、知らないわけにいかないのだ。知らないわけにいかないというのは、つまり、理性こそ、理性的な存在である人々が生活するにあたって、どうしてもしたがわなければならない法則だからである。人間にとって理性とはそれにしたがって生活しなければならない法則なのである。それは、動物にとって餌をあさり子をふやすのが、植物にとって草や木に成長し花を咲かせるのが、天体にとって地球や星のように運行するのが、それぞれ、その法則なのと、まったくおなじことだ。われわれが生活の法則として自分のうちに認めている法則は、世界のいっさいの外面の現象を支配している法則とおなじものなので、ただ違うところは、われわれが、自分のうちでは、この法則を自分でもっておこなわなければならぬものとして認めているのに、いっぽうの外面の現象では、自分とは無関係にこの法則がおこなわれるものだと、認めている点だけなのである。天体にせよ、動物にせよ、植物にせよ、われわれのそとの世界で起こる目に見えるいっさいの現象は、理性にかなったものだということが、世界についてわれわれの知っているすべてなのだ。外部の世界では、われわれは理性の法則にたいするこうした従属関係を見るめるわけなのである。

しかし、人生を考えるとき、人はよくこんな思い違いをしがちなものだ。人間の動物的な肉体が、目につきやすいところで自然のまま、その肉体の法則にしたがうのを、そのままでもう、人生のように思ってしまうことである。もともとこういったような法則は、木とか、結晶体とか、天体のうちで働く法則とおなじように、動物的な肉体（理性的な意識とむすびついてはいるけれど）のうちで、人間にとって無意識のうちに働くものなのだから、そういう考えは思い違いもはなはだしいといわなければならない。ところが、いっぽう、われわれの生活の法則――動物的な肉体を理性にしたがわせるという法則は、どこに行っても人の目にはふれない、ふれることのできない法則なのだ。なぜなら、それはまだすっかり完成されてはいないうえに、われわれの生命のうちでおこなわれている法則だからである。とはいえ、われわれの人生の幸福は、この法則を実行すること、動物的な肉体を理性の法則にしたがわせることにかかっている。したがって、動物的な自我を理性の法則にしたがわせるところにわれわれの幸福も、生命もかかっているのを理解しないばかりか、動物的な自我の求める幸福や、生存のしかたを人生のすべてだと考えて、われわれに定められた人生の仕事をこばむようなときには、われわれは真の幸福と真の生命を自分からすててしまうことになるのである。真の幸福と真の生命のかわりに、われわれは、自分と無関係におこなわれるのだから、とても人生とはいえないただの動物的な活動――目に見えるだけのつまらない生活を、いやでもおうでも、受け入れることになるのである。

一一　知識のまちがった方向

人間の動物的な自我のうえに働く目に見える法則を人生の法則とするこうした誤りは、人がいつもおかしがちな古くからある誤ちである。この誤ちは、人生を幸福にするため動物的な自我を理性にしたがわせるという人間の知識のだいじな目的を、人々の目から、かくしてしまって、そのかわりに、人生の幸福となんのかかわりもないような人間生活の研究に人の注意をむけさせるのである。

人が幸福になるには動物的な自我を理性にしたがわせなければならないのに、肝心なその理性の法則を研究したり、そうした法則を知って、それを足がかりに、世界のいっさいのほかの現象を研究したりするかわりに、まちがった知識は、その努力を、人間の動物的な自我の存在や幸福の研究だけに、あげてかたむけている始末なのだ。こんな研究は、もちろん、人間の知識のだいじな目的とはぜんぜんなんのかかわりもないのだから、人生の真の幸福のために役だとうはずはない。

まちがった知識は、こうして人間の知識のだいじな目的などまったく無視して、むかしやいまの人々の動物的な生活とか、動物としての人間一般の生存の条件とかいったような研究に、もっぱら、その力をそそいでいるのだ。しかも、それればかりか、こうした研究によって人間生活を幸福にする指導原理も発見できると、自負しているのである。

人間はむかしからいまにいたるまでたえず存在してきたのだから、人間がどんなふうに存在してきたか、その存在のしかたには時と場合によってどんな変化が起こったか、そうした変化がどういう方向をとっているかしらべさえすれば、人間の生活の法則も、そういったような歴史的な変化のうちから、かならず発見されるに違いない、というのである。

こうしてかってに研究目標をさだめて、こういったたぐいのいわゆる学者たちは、人間の知識のだいじな目的——幸福になるため自我のしたがわなければならない理性の法則の研究などには、見むきもしない。ところが、皮肉なことには、こういう研究目標そのものによって、かえって、かれらは自分の研究のむなしさを自分からふれてまわっているようなものなのである。実際、人間の存在が動物共通の生存の法則に左右されて変るだけのものだとすれば、そんな法則——どうでもこうしてしたがうよりしかたのない法則を研究してみたところで、まったくむだなくだらない話としかいいようがあるまい。人がこうした生存の変化の法則のことを知っていようが、知っていなかろうが、ちゃんとこの法則はおこなわれるわけなのだ。ちょうどモグラモチやビーバーの生活が、そのおかれている条件によって、いろいろ変化を起こすようなものなのである。なんなら、人が生活の指針となる理性の法則を知るときのことを、ここで、考えてみるといい。そういった法則を、どうしても、人は理性の意識のうちにしか、認めることができないのだ。そのほかに、この法則を知るてだては、どこにも残されていないのだ。したがって、動物としての人間がどういうふうに存在してきたかなどということをいくら研究してみたところで、人間という存在については、そんな知識があろうとなかろうと、自然に、人のうちに起こるようなことぐらいしかけっしてわかりはしないのである。人間の動物的な生活をいくら研究してみたところで、人が幸福になるためにこういう動物的な生活のしたがわなければならない法則など、けっして知れはしないのである。

　こういったようなものが、つまり、人生にかんする人間の無意味な研究の一種で、歴史学とか、政治学とかよばれている学問なのである。

　こういったたぐいのものでは、ほかにも、現代になってからひどくひろまりはしたものの、知識のめざすたった一つの目的などもうすっかり見失っている研究がある。この研究は、学者たちにいわせると、つぎのようなものなのである。「人間を観察の対象としてしらべてみると」とかれらはいっている。「食物をとり、成長し、子どもを生み、年をとり、死んでゆくというふうに、人間も、ほかのすべての動物とおなじで、変りがないということがわかるのだが、ただある種の現象——心理的な（学者たちはこうよんでいる）現象があって、それが観察をさまたげるうえに、ことをひどくめんどうな複雑なものにしてしまうから、人間をもっとよく理解するためには、はじめは、もっとも簡単な現象——心理作用などない動植物に見られるのとおなじような現象から、人間の生活を研究しなければならない。動物や植物一般の生活を研究するのもそのためなのだが、動物や植物をしらべてみると、そこには、物質と共通のさらに簡単な法則の働いているのが、かならず、認められる。こうして、人間の生活の法則より簡単なのは動物の法則だし、もっと簡単なのは植物の法則だし、物質の法則になるとそれよりさらに簡単なのだから、研究の基礎はもっとも簡単な法則――物質の法則におかなければならないのである」学者たちは続けて説く。「動物や植物のうちに起こるのとまったくおなじ現象が、事実、人間のうちにも起こるのだから、人間のうちに起こるいっさいの現象は、実験の可能な目に見えるもっとも簡単な無生物のうちに起こる現象によって、立派に説明がつくと、われわれは結論することができよう。まして、人間の活動のあらゆる特性は、たえず、物質のうちに働いている力と結びついているのだから、なおさらである。人間のからだを形づくっているいっさいの物質の変化が、人間のあらゆる活動を変化させ、破壊するのだ。だから」とかれらは結論をくだす。「物質の法則こそ人間の活動の根本原因なのである」学者たちはこういうのだが、しかし、人間のうちには、動物にも、植物にも、無生物にもけっして見られないなにかがあって、それが――そのなにかが知識のめざすただ一つの目的なのではないだろうか。その目的がなければほかのいっさいのものも意味を失ってしまうのではなかろうか。ところが、こういったような考えになると、学者たちには、いっこうぴんとこないらしい。

まったくの話、学者たちの頭にはこんなことなど思いうかびもしないのだろうが、人間のからだのうちの物質の変化が、たとえ、その活動を破壊するにしても、それはただ物質の変化が人間の活動を破壊する原因の一つだということを証明するだけのことで、物質の運動が人間の活動の原因だという証明には、どうしたって、なりっこないのである。ちょうど、根から土をとられれば植物はそこなわれるということが、土はなければならぬものという証明にはなっても、土だけが植物を育てるという証明にならないのと、おなじことなのだ。こうして、学者たちは、人間の生活にともなう現象の法則を明らかにすることが、人間の生活そのものを明らかにすることだと考えて、無生物のうちにも、植物のうちにも、動物のうちにも起こるような現象を人間のうちに研究している有様なのである。

人間の生活、つまり、人間が幸福になるために動物的な自我のしたがわなければならない法則を理解しようとして、よく人は、人間の生活そのものを見ないで、その歴史的な変化を研究したり、ただ目に見えるだけで人に意識されるものではない動物や、植物や、物質のさまざまな法則にたいする従属関係を研究したりするものだが、これほどひどい見当違いはない。たとえてみれば、ちょうど、はっきりつかめない正しいほんとうの目的をなんとかして見つけようというので、よくわからないいろいろな事物の状態をやみくもに研究している人とおなじことである。

もちろん、人間生活の目に見える現象を歴史のうえで知ることは、悪いことではない。われわれにとって、たしかに、それはためになる。人間の動物的な自我や、ほかの動物のしたがっている法則にしても、物質そのもののしたがう法則にしても、やはりおなじことで、それを研究することはわれわれにとってためになる。こういうようないっさいの研究は、人間にとって、たいへんたいせつなものなのだ。人間の生活のうちでおこなわれなければならないことを、それは、鏡にかけて見るように、はっきりしめしてくれるからである。しかし、すでに存在していてわれわれの目に見えるいろいろなものの知識が、たとえ、どんなに完璧《かんぺき》なものであっても、われわれにとってぜひとも必要なだいじな知識――幸福になるために動物的な自我のしたがわなければならない法則の知識は、けっして、与えてくれはしないのだ。現におこなわれている法則の知識は、われわれにとって、たしかに、ためになるが、しかし、それも、われわれが動物的な自我のしたがわなければならぬ理性の法則を知っているときにかぎるのであって、その法則を知らないときには、ぜんぜんなんの役にもたたないのである。

たとえば、木がそのうちに起こるいっさいの化学的物理的現象をどんなに研究してみたところで（そんなことが木に研究できるとしての話だが）、そうした観察や知識から、樹液をあつめて、幹や葉や花や実をそだてるために、それを分配する必要など、どうしても木は結論することができないだろう。

人もこれとちょうどおなじことで、その動物的な自我を支配する法則や、物質を支配する法則をどんなによく知っていたところで、そうした法則は手にもったひときれのパンをどう処分したらいいのか――妻にやったらいいか、よそのものにやったらいいか、犬にやったらいいか、それとも、自分でたべてしまったらいいか、または、とって置いたらいいのか、くれというものにやったらいいのか、というような問題にたいしては、これっぱかりの指針もしめしてくれはしないだろう。ところが、人間の生活は、こうしたような問題を解決しなければ、いっときもすごしてはいけないのである。

動物や、植物や、物質の存在を支配する法則の研究は、ただ有益だというばかりでなく、人間の生活の法則を明らかにするうえで、なくてはならないものなのだが、しかし、それも、こうした研究が、理性の法則を明らかにするという知識のだいじな目的を、見失わないときにかぎるわけである。

それに反して、人間の生活は動物的な生存にすぎず、理性の意識のささやきかける幸福などとても不可能なばかりか、理性の法則というのも、しょせん、ただの幻にすぎないなどと考えるときには、こうした研究も、無益というより、有害なものとなるのであって、人の目から知識の唯一の目的をかくしてしまうばかりでなく、影を研究すればその本体もわかるというような迷いに、いつまでも、人をひきとどめる役にしかたたないのである。こういうような研究は、ちょうど、生物の運動の原因がその影の変化や運動にあると仮定して、生物の影の変化や運動ばかり注意ぶかく研究している人のすることと、似たようなものだといえるだろう。

一二　まちがった知識の原因は、まちがった遠近法によって、ものを見るところにある

「真の知識は、知っていることは知っている、知らないことは知らないと、認めるところにある」と孔子はいった。これに反して、まちがった知識は、知らないことを知っていると思い、知っていることを知らないと思うところにあるのだ。われわれのあいだに君臨しているまちがった知識に、これ以上、的確な定義を与えることはできない。現代のまちがった知識は、われわれのとうてい知りようもないことを知っているとし、われわれの知っている唯一のことを知りようがないとしているのである。まちがった知識にとらわれた人間は、空間と時間のうちに認められるいっさいのものならよくわかるが、自分の理性の意識のうちで認められることになると、どうもよくわからないなどと、考えるものなのだ。

こういったような人間には、自分の幸福にせよ、ひとの幸福にせよ、一般に幸福などというものがもっともわかりにくいもののように、思われる。理性とか、理性の意識とかいうものも、おなじことで、やはりひどくわかりにくいものに思えるのだ。こうした人間にすこしわかりやすいように思えるのは、動物としての自分自身、もっとわかりいいのは動植物、いちばんわかりやすいと思われるのが、生命のない無限にひろがっている物質なの

だ。

ちょうどこれとおなじようなことが人間の視覚にも起こる。人はいつも、無意識のうちに、その視線をいちばん遠いところ――遠いので色も輪郭もしごく単純に見える空とか、地平線とか、はるかむこうの野や森とかいったものに、むけがちなものだ。こういったものは、なにによらず、それが遠くにあればあるほど、ますますはっきりと単純に見えるが、反対に、近くなればなるほど、輪郭も、色も、複雑になっていくのである。

もし人が、遠近法によって、あんばいしてものを見ようとせず、そこまでの距離を決めるてだても知らないで、見かけだけで、輪郭も、色もはっきりしたわかりやすいものを決めるとすれば、こういう人にとって、なによりもはっきりとよく見えるのが、あの茫漠《ぼうばく》とした空に違いない、それよりすこしわかりにくいように見えるのが、やや複雑さをました地平線の輪郭、もっとわかりにくいのが、色も、輪郭もぐっと複雑になった家や木々、さらにわかりにくいのは、目のまえでうごく自分の手、いちばんぼんやりしていてよく見えないのが、光ということになるだろう。

人間のまちがった知識も、ちょうど、これとおなじような誤ちをおかしているのではなかろうか？　人間にとって、疑いようもないほど明らかなもの――自分の理性の意識は、単純でないため、よくわからぬものとされているのに、いっぽう、人間にとって、実に大きな神秘にとざされたもの――無限な永遠の物質は、自分から遠く離れていて単純に見えるために、ずっとわかりやすいものとされているのである。

　これでは、話がまるで逆だ。すべての人が、なによりもさきに、なによりも確実に知ることができるだけでなく、現に知っていることといったら、自分の求めている幸福なのだ。それから、そういった幸福というものを教えてくれる理性を、やはり、おなじくらいはっきりと知り、つぎに、この理性にしたがうことになる自分の動物的な自我を知る。ついで、空間と時間のうちに認められるほかのいっさいの現象も、だんだんわかってきはするが、それでも、とてもすっかり知りつくすなどというわけにはいかないのである。

　まちがった人生観にとらわれているときにかぎってそうなのだが、どんなものでも、それが、空間や時間によって、正確に限定されればされるほど、いっそうわかりよくなるように、人は思いがちなものだ。ところが、実際には、空間によっても、時間によっても限定されはしないもの――幸福と、理性の法則とだけが、われわれにとって、ほんとうによくわかるものなのである。それにひきかえ、われわれが外界の事物を知る場合には、はっきりした意識を働かせなければ、認識のしかたも、それだけ、あいまいにならずにはいない。つまり、外界の事物は、空間と時間のうちにしめるその位置によって、もっぱら限定されているので、本来、われわれとはおよそかけ離れた存在なのだ。だからこそ、そういった事物は、もっぱら空間や時間によって、しっかりと限定されればされるほど、人間にとって、ますますわかりにくいもの（理解しにくいもの）になってしまうのである。

ほんとうに身についた人間の知識といったら、自分という個人――自分の動物的な自我にたいする認識以外には、ありえないのだ。幸福を望んで理性の法則にしたがうこととなるこの動物的な自我を、人は、自分自身とは別なあらゆる存在を目にすることによって、とりわけはっきりと知るのである。人間は、実際、こうした動物的な自我のうちで、自分を知るわけだ。しかも、自分を知るのは、なにも、人間が空間的時間的な存在だからというのではなくて（反対に、人間は時間的空間的な現象としての自分を知ることなどけっしてできないのだ）、幸福となるため理性の法則にしたがわなければならぬ存在だからにすぎないのである。人間はこうして動物的な自我のうちで、時間とも空間ともなんのかかわりもないものとして、自分を知る。人間が時間と空間のうちにしめる自分の位置を自問するとき、まず第一に考えられるのは、自分が前後に無限につづく時間のまっただなかに立っているということと、自分がどんな大きさにも仮定できる一つの球の中心だということである。こうした時間も空間も超越した自分自身を人は実際に知っているのだ。こうした自分の自我以外には、人のほんとうに身についた実際の知識はないのである。それ以外のこと――こうした自我のそとにあるいっさいのもののことになると、人には知りようがないのであって、ただ、わずかに、外がわから制約の多い方法で観察し、判断がくだせるだけである。

幸福を求める理性の中心としての自分自身、つまり、時間も空間も超越した存在としての自分自身を知ることから一時はなれて、はじめて、人は自分が目に見える世界の一部――空間と時間のうちにとらえられるその一部だということを、条件つきで、そのときだけ認めることができるのである。人はこうして、空間と時間のうちにとらえられる自分を、ほかの存在と関連させて研究しながら、自分自身にかんする内面のほんとうの知識と自分にたいする外からの観察と結びつけて、自分というものの観念を、ほかのすべての人にもつうじる人間一般の観念として、もつようになるわけだ。自分にかんするこうした条件つきの知識によって、人は、他人《ひと》についても、なにかしら外面的な観念を手に入れはするが、そうした人たちをほんとうに知るようになりはしないのである。

そういったほかの人たちのことが、人間にとって、知りようもないのは、自分の見る他人がひとりではなくていく百、いく千の数にのぼるばかりか、いちども見たこともなければ見ることもないような人たちが、たえず、存在し続けているというところから、起こるのである。

他人《ひと》を越えて、さらに、自分から遠くへだたったところに、人は、他人《ひと》とも違えばそれぞれたがいに様子も違った動物を、空間と時間とのうちに見る。こういった存在は、もし人間一般についての知識がなかったならば、人にはぜんぜん不可能だったに違いない。しかし、この知識があるので、人間という観念から理性的な意識を抜きさりさえすれば、動物についてもある程度の観念がもてるのである。けれど、この観念は、人間一般にかんする観念とくらべれば、なおさら、ほんとうの知識とはいいにくい。実にもう種々さまざまな動物を人はそれこそ無数に見るのであって、まったくのところ、その数が多ければ多いほど、人がそれを知ることはますますむずかしくなるのである。

自分からさらに遠くへだたったところに、人はまた植物を見る。こうして、こんなふうな現象をこの世界でたどっていけばいくほど、人間にとって、そうしたものを知ることはいっそうむずかしくなるばかりなのだ。

動物も、植物も越えて、自分からまたさらに遠くへだたった空間と時間のうちに、人は無生物や、形の区別もつかないような物質を見ることになる。この物質が人にはなによりも理解しにくいのだ。物質の形を知ることなど人にはもうぜんぜんどうでもいいようなことだし、まして、物質が空間的にも時間的にも無限なものとして考えられている有様だから、実際、そんなことなど知りようもないわけで、ただあれこれ人は想像するぐらいがせいいっぱいなのである。

一三　さまざまな事物をわれわれがなにかと認識できるのは、空間と時間のうちにその現象が認められるからではなく、研究しているその当の事物とわれわれのしたがう法則が一致するからである

犬が痛がっている——この子牛はわたしになついていて、かわいい——鳥がよろこんでいる——馬がこわがっている——ひとのいい人——わるい動物——こういった言葉以上にわかりやすいものがあるだろうか？　しかも、こういったなによりも重要でわかりやすいいっさいの言葉は、空間や時間によって、限定されるようなものではないのである。ところが、反対に、事物の現象のしたがう法則が、われわれにとって、不可解であればあるほど、そういった現象は、時間と空間によって、ますます正確に限定されているものなのである。地球や、月や、太陽の運動をひき起こす引力の法則など、いったい、ほんとうに知っているといえるものがあるだろうか？　日食にしたところでおなじことで、これなどは、空間と時間によって、このうえもなく正確に限定されているわけである。

われわれがほんとうによく知っているものといったら、自分の生命と、幸福をもとめる気持と、この幸福を教える理性だけなのである。つぎによく知っているのは、幸福を望ん

で理性の法則にしたがうこととなる自分の動物的な自我である。この動物的な自我についての知識には、もうすでに、見えるとか、ふれるとか、観察されるとかいう、われわれの理解しにくい空間的時間的条件が入りこんできている。これについでわれわれのよく知っているのは、自分とおなじほかの動物的な自我であって、そこでは、幸福にたいする欲求も、理性の意識も、自分と共通なものとして、認めることができる。こうした個人個人の生活が、幸福にたいする欲求と、理性の法則への従属というわれわれの生活の法則に近づけば近づくほど、われわれには理解しやすく、空間的時間的条件にしばられればしばられるほど、理解しにくくなるのだ。だから、けっきょく、われわれは人間のことをいちばんよく知っているわけなのである。そのつぎにわれわれのよく知っているのは動物だが、そこには、幸福を望むわれわれの気持と似たようなものは認められても、理性の意識のようなものはもうほとんど認められず、この理性の意識という点で、われわれと動物とのあいだにははっきり一線がひかれてしまうのだ。動物に続いて見るのは植物だが、植物になると、もう幸福にたいする欲求のようなものも、われわれには、認めることがむずかしい。こういったふうな存在は、たいてい、時間的空間的な現象としてしか受けとりようがないので、ますます、われわれにとっては、わかりにくいものになってしまうのである。

われわれがそういった存在を知るのは、われわれの動物的な自我と似たようなものがそこに認められ、それが、われわれの場合とおなじように、幸福を求め、空間と時間の条件のうちで、物質を理性の法則にしたがわせているからであって、さもなければ、ぜったいに知ることができないのである。

だから、生命のない物質になると、ますますわれわれには知りにくいのだ。そこには、もう、われわれの個性と似たようなものも見つからなければ、幸福にたいする欲求もぜんぜん認められず、ただ目につくものといったら、そうした物質のしたがっている理性の法則の時間的空間的な現象だけなのである。

われわれの知識の真実性は、ある事物が空間と時間のうちで観察されるかどうかなどという点に、かかっているのではけっしてない。むしろ、反対に、ある事物が空間的時間的な現象としてはっきり観察されればされるほど、ますます、われわれにとって、それは理解しにくいものになってしまうのである。

幸福を求め、動物的な自我の理性にしたがう必然性を認める意識が、われわれの認識の根本にあればこそ、この世界についてわれわれはいろいろ知ることができるのだ。もしわれわれが動物の生活を知るとすれば、それも、動物のうちに、幸福にたいする欲求と、理性の法則——動物では有機体の法則としてあらわれる理性の法則に、したがう必然性をわれわれが認めるからにすぎないのである。

また、もし物質を知るとすれば、それもわれわれが、物質のうちに、幸福にたいする欲求は認められないまでも、やはりわれわれとおなじ現象——物質を支配する理性の法則にしたがう必然性を認めるから、知るというだけのことなのである。

われわれにとって知識というのは、なににによらず、われわれのほんとうに知っているただ一つのこと――理性の法則にしたがって幸福になろうとつとめるのが人生だというこの知識を、ほかの事物に移しかえ、あてはめることにほかならないのである。

動物を支配する法則によって自分を知ることなどわれわれにはできないけれど、自分のうちに認める法則によって動物を知ることならできるのだ。だから、まして、物質の現象におきかえられてしまったような生活の法則から、自分を知ることなど、とてもできない相談だといわなければならない。

外界について人の知るすべてのことは、人が自分を知って、自分のうちに、この世界にたいする三つの違った関係を認めているからこそ、知られるようになったのである。その関係というのは、一つには、自分の理性的な意識との関係、二つには、自分の動物的な自我との関係、三つには、その動物的な自分の肉体にふくまれる物質との関係である。人はこの三つの違った関係を自分のうちで知っているので、そのために、この世界で見るいっさいのものを、㈠理性的存在、㈡動植物、㈢無生物という、それぞれたがいに異なった三つの部分からなる遠近法にしたがって、あんばいして見るわけなのである。

人がこの世界にいつもこうした三種類のものを見るのは、自分自身のうちにこの三つのものがふくまれているのをちゃんと知っているからだ。人は自分をつぎのようなものとして知っている。つまり、㈠動物的な自我をしたがえる理性の意識として、㈡理性の意識にしたがう動物的な自我として、㈢動物的な自我にしたがう物質として、知っているのである。

普通に考えられているように、われわれが有機体の法則を知ることができるのは、物質の法則を知っているからではないし、また、理性の意識としての自分を知ることができるのは、有機体の法則を知っているからではない。むしろ、その逆である。まず、第一に、われわれの知ることができ、知らなければならないのは、自分自身、つまり、幸福になるためにわれわれの自我のしたがわなければならない理性の法則なのである。この知識があって、はじめて、われわれは自分の動物的な自我とそれに似たほかの自我の法則も、さらに自分から遠く離れた物質の法則も、知ることができるわけだし、また、そうなったからは、ぜひとも知らなければならないのである。

われわれは自分を知らなければならないのだ。それに、ほんとうにわかるのは自分のことだけなのだ。動物の世界ということになると、われわれにとっては、すでにもう自分のうちで知っていることのただの反映でしかない。さらに、物質の世界になると、それこそもう反映のその反映にすぎないのである。

こうした物質の法則がわれわれに格別わかりやすいはっきりしたもののように思えるのは、それが、われわれの目から見ると、まるで千篇一律なものとしか見えないからで、千篇一律なものとしか見えないのは、つまり、それが、われわれの意識する生活の法則とは、およそ遠くかけはなれたものだからなのである。

　また、有機体の法則にしても、われわれから遠くかけはなれているために、やはり、われわれの生活の法則にくらべると、ずっと簡単なもののように思われている。しかし、そこでも、われわれはその法則をただ観察するだけであって、自分が身をもって実行していかなければならない理性の意識の法則を知るように、知るわけではないのである。

　こういうようなもののことなど、いずれにせよ、われわれは知りはしない。自分のそとにそれを見て、観察するにすぎないのだ。われわれがはっきりと知っているのは、ただ自分の理性の意識の法則だけなのである。なぜなら、われわれの幸福のためには理性の法則がなくてはならないからなのだ。理性の意識によってわれわれが生活しているからなのだ。それでいて、この意識をそとから見られないのは、そういった観察のできるような高みをわれわれがもっていないからなのである。

　われわれの理性の意識が動物的な自我をしたがえ、動物的な自我（有機体）が物質をしたがえるのとおなじように、もしも理性の意識をしたがえるもっと高い存在がなにかあるとすれば、そういった存在こそは、われわれが動物的な存在や物質的な存在を見るように、われわれの理性的な生活を見たに違いない。

　人間の生活は、そこにふくまれる二つの生存様式――動物的植物的な（有機体の）生存と、物質的な生存とにしっかりと結びつけられているものだ。

しかし、人間は自分の真実の生活を自分できずいて、自分でそのとおり暮らしはするが、その生活と結びついた二つの生存様式には、ぜったいに参加することができない。人間を形づくっている肉体と物質は、それだけで、独立して存在しているのだ。

こうした生存様式は、ちょうど、人間の生活のうちにひきつがれて残ったそれ以前の生活のようなもの、いわば、過去の生活の思い出のようなものなのである。

人間が真の生活を送る場合、こうした二つの生存様式が、人間に仕事の道具や材料は提供しても、仕事そのものまで提供するわけはない。

人間が自分の仕事の材料を研究するのは、たしかに、けっこうなことだ。そういったものをよく知れば知るほど、仕事はしやすくなるだろう。つまり、人間の生活のうちにふくまれたこうした生存様式——動物的な自我と動物的な自分を形づくる物質とを研究することは、理性の法則にたいする従属といういっさいの存在につうじる法則を、ちょうど鏡にかけて映すように、まざまざと示すばかりか、それによって、動物的な自我のこの法則にしたがう必要を人に思い知らせることになるわけなのだ。しかし、人は自分の仕事の材料と道具を、仕事そのものと、混同することはできないし、混同してはならないのである。

自分やほかのもののうちで、目に見え、手に触れて、観察されるような生活——自分がなんの努力をしないでもおこなわれるような生活を、人がどんなに研究したところで、こういった生活は、人の手に、つねに神秘なものとして残されるだろう。こんな観察をしているかぎり、人はこうした自分に意識されない生活をけっして理解しはしないだろう。もちろん、無限の空間と時間とのうちにかくされているこの神秘的な生活を観察するだけで、自分の真の生活を明らかにすることなど、どうしたって、できようはずはない。なによりも人がよく知っているほんとうに人間独特の幸福を手に入れるため、やはり、なによりも人がよく知っているまったく人間独特の理性の法則に、これも、人がなによりもよく知っていて、あらゆるものからきり離されたまったく独特の動物的な自我をしたがえることによって、なりたつ真の生活——自分の意識のうちに見いだされる真の生活は、どうしたって、そんなことでは、われわれのまえに照らしだされはしないのである。

一四　真の人間生活は、空間や時間のうちに、生じるものではない

人が生命を自分のうちに認めるときというものは、理性の法則に動物的な自我がしたがわなければ、とうてい手に入らない幸福をひたすらもとめる気持として、知るわけなのである。

人は、そのほかの形では、人間の生命を知らないし、また、知ることができないのだ。動物が生きていると人に認められるのも、考えてみると、その動物を形づくる物質がそうした物質の法則だけでなく、いちだんと高い有機体の法則に従属しているときにかぎるではないか。

物質の一定の結合のうちに、有機体の法則にたいするこういう従属関係がある場合——われわれは物質のこの結合のうちに生命を認めるし、こういう従属関係が存在しないか、始まらないか、もしくは終ってしまった場合——化学的物理的な法則だけの働くほかのいっさいの物質と、この物質を、区別するような点はなに一つないから、われわれはそこに動物としての生命を認めることができないわけだ。

ちょうど、これとおなじことで、われわれが自分自身や、自分とおなじようなほかの人たちを生きていると認めるのも、その動物的な自我がそういった有機体の法則に従属する

ほか、さらにいちだんと高い理性の法則に従属している場合に、かぎられるのである。理性の法則に自我がしたがわなかったり、肉体を形づくる物質を従属させている動物的な自我の法則だけが、人間のうちで、働いたりすれば、それこそもう、たちまち、われわれは、他人《ひと》のうちにも、自分のうちにも、人間らしい生活を見失ってしまうのだ。それは、ちょうど、物質のうちに――物質としてその法則だけにしたがっているもののうちに、動物的な生活が認められないようなものである。

熱に浮かされたり、気がくるったり、断末魔の苦しみにあえいだり、酔っぱらったり、かっとのぼせあがったりした人のすることが、たとえどんなにはげしく、急なものに見えようとも、そんな人をわれわれはほんとうに生きていると認めもしなければ、ほんとうに生きている人としてあつかいもせず、ただ、わずかに、生命の可能性だけをその人のうちに認めるにすぎない。ところが、反対に、いくら不活発でか弱そうな人でも、その人の動物的な自我が理性の法則にしたがっているのが認められさえすれば、われわれはその人をほんとうに生きている人と認めて、そのように付合うのだ。

人間の生活は、われわれには、動物的な自我の理性の法則にしたがうこととしか、理解しようがないのである。

この生活は、もちろん、時間と空間のうちにあらわれはするが、しかし、時間的空間的な条件によって定められるわけのものではなく、ただ動物的な自我の理性にしたがう程度によって、はっきり定められているだけなのだ。この生活を空間的時間的な条件によって定めようというのは、ものの高さを決めるのに、その幅や長さをはかろうというのと、まるきりおなじことなのである。

平面で働くと同時に、上へも働くような物体の運動が、ちょうど、こうした真の人間生活と動物的な自我の生活との関係、もしくは、真の生活と時間的空間的な生活との関係に、たいへんよく似ている。上へ働く物体の運動は、平面で働くその運動とは、ほんらい、なんのかかわりもないので、運動量がそれによって減るわけでもなければ、ふえるわけでもない。人間生活にしてもこれとぜんぜんおなじことだ。真の生活はつねに個人のうちにあらわれはするが、しかし、そういったような個人とは、もともと、なんのかかわりもなく、それによって、減ったり、ふえたりするようなものではないのである。

人間の動物的な自我を限定する時間的空間的な条件は、理性の意識に動物的な自我がしたがって、はじめて、なりたつ真の生活に、なんの影響もあたえることはできないのである。

もちろん、こうした空間的時間的な運動を生活の場からすっかりなくしてしまうことなど、生きたいと望んでいる人間に、できようはずはない。しかし、人間の真の生活は、この目に見える空間的時間的な運動と関係なく、理性にしたがうことによって、幸福を手に入れることなのである。こうして、理性の法則にしたがって、ますますしっかりと幸福を身につけていくことによって、はじめて、人間生活は形づくられるのである。こういう従属関係による向上を欠いた場合、人間生活は、空間と時間という一見明らかにみえる二つの方向に進むよりしかたのない、孤立したたよりないただの生存にすぎなくなってしまう。しかし、上にむかおうとするこの運動、つまり、理性にたいするしだいに強まる従属関係の存在する場合、空間と時間という二つの力と、幸福を求める人間生活とのあいだには、ある関係が定められ、その関係から生じる力によって、多かれ少なかれ、人間の生存を生命の領域にまで高めるような運動がおこなわれるのである。

空間的時間的な力は、生命という観念とは両立しない、一定のかぎられた力である。ところが、理性にしたがって幸福になろうと望む力は、人を向上させる力であり、時間にも空間にもしばられない生命力そのものなのである。

人は、理性の意識に目ざめるとき、自分の生活の流れがとまったり、二つに分裂したりするように思うわけだが、しかし、こうしたとまどいや動揺は、実は、ただの意識の迷い——人間の感覚の起こす錯覚と似たような誤ちにすぎない。真の生活には、そんなとまどいや動揺などありはしないし、あるわけもないので、そう思えたりするのは、われわれがただまちがった人生観をもっているからにすぎないのである。

真の生活にはじめて足をふみこむとき、つまり、動物的な生存よりもいちだん上の高みにのぼるとき、人は、その高みから、幻同然のどうしても死に終るほかない動物的な生存をひと目に見おろすばかりか、下のほうのいままで自分のいたところが、四方八方、きりたった断崖《だんがい》にかこまれていたのをまざまざと見るものだから、その光景にすっかりおぞけをふるうあまり、この高みにのぼることこそ人生そのものなのだということが、まるで、わからなくなってしまうのである。自分をこうした高みにもちあげた力に生命を認めて、目のまえにしめされた方向へ進むかわりに、この高みからひらけた光景におぞけをふるって、下のほうに口をあけた断崖をただもう見たくない一心で、できるだけ低いほうへ低いほうへと、わざわざ、下におりだす始末なのだ。けれど、理性の意識の力は人を上におしあげてやまぬものだから、またまたそうした光景を見る羽目となり、またしても、おぞけをふるって、見たくない一心で、夢中で地面につっぷしてしまう。こうした状態は、けっきょく、人が正しい認識にたどりつくまで続くのである。まったくのところ、破滅するよりほかない生活に自分がひきこまれそうになる、こんな恐怖から救われるためには、人は、いままでの自分の向上のない生活——ただの空間的時間的な生活など人生ではなくて、こうして上へむかおうとする運動こそ自分の人生にほかならないのだと認めたうえ、理性の法則に自分の自我がしたがうことによって、はじめて、幸福も、生命も約束されるのだと、はっきりさとらなければならないのだ。人は、深い淵《ふち》から舞いあがる翼を自分がもっているのを、さとらなければならぬ。そうした翼がなければ、こんな高みにのぼることもなかったろうし、あんな深みをまざまざとのぞきこむこともなかったろう。人は自分の翼を信じなければならぬのだ。そして、その翼の導くままに、高く飛ばなければならぬのである。その信じようがたりないものだから、いよいよ真生活という入り口で、なんとも納得のいかぬ気持になって、動揺したり、行きづまったり、意識が二つにひきさかれたりするという現象も起きてくるのである。

自分の生活を、空間と時間とによって限定される動物的な生存というふうに、考えている人だけが、理性の意識は動物的な生存のうちに、時にふれて、あらわれるものだなどと、思うのである。自分のうちに認められる理性の意識のあらわれをこんなふうに見るわけだから、人は、理性の意識が自分のうちにいつ、どんな条件のもとであらわれたかなどと、考えたりする。しかし、自分の過去をいくらしらべてみたところで、そんな理性の意識のあらわれたときなど、けっして見つかりはしないだろう。人は、そんなことを考えるたびに、理性の意識が一度も存在しなかったとか、いつも存在していたとかいうふうに、思うだけである。もし人が理性の意識のあらわれ方に断続があるように思うとすれば、それはただその人が理性的な意識の生活を、生活として、認識していないからにすぎないのだ。自分の生活を、空間的時間的な条件によって限定される、動物的な生存としか見ないものだから、理性の意識の目ざめや、活動まで、人はおなじような尺度ではかりたがって、いつ、どんな条件で、どのくらい、自分が理性の意識の支配を受けたかなどと、考えたりするのである。しかし、理性的な生活がおこなわれたり、おこなわれなかったりというふうに、理性の意識の目ざめに断絶があると思うのは、ただ自分の生活を、動物的な自我の生活として考えている人の場合だけなのだ。自分の生活を、理性の意識の活動として、あるがままに考える人にとっては、こういったような断絶などありえないのである。

理性的な生活は存在している。ただそれだけが存在しているのだ。理性的な生活の場合、ほんの一分間の断絶だろうが、五万年の断絶だろうが、まるでおなじことで、そんな断絶などぜんぜん問題にはならないのだ。なぜならば、その生活には時間というものがないからである。真の人間生活——ほかのいっさいの生活を人が理解する根本となる真の生活を見てみるがいい。理性の法則に自我をしたがえて、はじめて、手に入れられる幸福をひたすら求めてやまぬのが真の人間生活だけれども、その場合、理性にしろ、その理性にしたがう度あいにしろ、けっして空間からも、時間からも限定されはしないのだ。真の人間生活は空間も時間も越えたところに生じるものなのである。

一五　動物的な自我の幸福の否定こそ、人間生活の法則である

人生は幸福にたいする欲求だ。幸福にたいする欲求が人生だ。あらゆる人が人生をこう理解してきたし、これからさきだって、いつも、こう理解するに違いない。つまり、人生は人間的な幸福にたいする欲求であり、人間的な幸福にたいする欲求が人生なのである。ところが、考えのない世間一般の人たちは、動物的な自我の幸福が人間の幸福だと思い込んでいる。

いや、それどころか、まちがった科学にしても、人生の定義から幸福という観念をきりすてて、人生は動物的な生存だなどと考えているわけだから、けっきょく、動物的な幸福だけを人生の幸福と認めるようなことになって、こうした世間一般の人たちの誤ちに歩調をあわせる始末なのである。

こういった誤ちは、どちらも、動物的な自我――学者のいうインディヴィドゥアリティと、理性の意識とを混同するところから起こる。理性の意識はそのうちに動物的な自我をふくんでいるけれど、動物的な自我はそのうちに理性の意識をふくんではいないのだ。動物的な自我――本能は、動物や、動物としての人間の本性だが、理性の意識はただ人間だけの本性なのである。

動物は自分の肉体のためだけに生きることができるし、また、そういうふうに生きてゆけるから、自分の本能を満足させるだけで、無意識のうちに、種族のために奉仕するけれど、自分が自分きりの存在だなどということになると、まるで知りはしないのである。それにひきかえ、理性をもった人間は、自分の肉体のためだけに生きることなど、できはしない。人がそういうふうに生きることができないのは、自分が自分ひとりきりの存在だということを知っているばかりか、他人も、自分とおなじように、ひとりきりの存在だということ、そうした個人と個人との関係から起こるいっさいのこと、すべて、ちゃんと知っているからなのである。

もしも人が自分ひとりの幸福しか考えず、ただもう自分だけ、自分の自我だけを愛したとするならば、他人もやっぱり自分自身を愛しているのだということなど、動物とおなじことで、知らなかったに違いない。ところが、自分という個人の求めてやまぬものが、自分のまわりのすべての人——個人という個人の求めてやまぬものとおなじだと知ったならば、人はもう、理性の意識に照らしてみて悪としか見えない個人的な幸福など、追いまわすことはできないだろうし、そういった個人の幸福をひたすら望むことなど、生活の目的とすることもできなくなるだろう。それでも、時によると、人は、動物的な自我の要求を満足させなければほんとうに幸福にはなれないように、思ったりする。こんな思い違いをするのも、けっきょく、人が自分の動物的な自我のうちに起こることを、理性の意識の求める目的と、とり違えるからにすぎないのだ。ちょうど、目がさめてからも、夢の続きを追って、なにか始める人のようなものである。

しかも、そこへもってきて、まちがった教えがこうした思い違いを支持するものだから、人は理性の意識と、動物的な自我をすっかり混同するようになるのである。

しかし、動物的な自我の要求をいくら満足させたところで、人は幸福にならないし、したがって、生きることにもならないと、理性の意識はくり返し人にこう教えたすえ、ついには、人間の真の幸福、つまり、動物的な自我というわくのうちにはおさまりきらない、人間にほんとうにふさわしい生活に、どうあっても、人を導いていかずにはいないだろう。

普通、世間では、個人の幸福——自分ひとりの幸福を人が否定したりすると、それをなにかたいそう偉いこと、すばらしいことのように考えたり、話したりするものだ。ところが、実際には、個人の幸福を否定することなど、なにも、偉いことでもなければ、すばらしいことでもなく、人間の生活の一つの条件——生きている以上、だれしも、避けるわけにいかない一つの条件にすぎないのである。人は、自分を世界じゅうのものから孤絶したたったひとりきりの存在として意識すると同時に、他人も、また、世界じゅうのものから孤絶したひとりきりの存在だと認めないわけにはいかない。そのうえで、人は、そういった個人と個人の相互関係や、自分ひとりの幸福のはかなさを知り、理性の意識を満足させられるような幸福だけが、ただ一つ、ほんとうにたしかなものだと、認めるようになるのである。

動物の場合、自分きりの幸福、つまり、本能の満足などまるで問題にしないような活動――動物的な自我の幸福とはまっこうから対立するような活動は、けっきょく、生命の否定にしかならないわけだけれど、人間の場合は、ぜんぜん逆だ。ただもう自分ひとりの幸福だけを手に入れようとする人の活動は、それこそ、人間生活の完全な否定にほかならないのである。

やがては死に終るその生存のみじめさを教えるはずの、理性の意識がない動物にしてみれば、本能を満足させ、種族をたやさぬよう子を残すのが、生活の最高目的なのだ。ところが、人間になると、そうした動物的な自我は生存の一つの段階にすぎない。そのいちだん上に、動物的な自我の幸福とは一致しない人生の真の幸福が、認められるのである。

動物的な自我の意識がいくら働いたところで、それは、人間にとって、生活とはいえない。そこからやっと生活が始まるほんのとばくちとでもいうのが、せいぜいだ。人間の生活とは、動物的な自我の幸福などとはかかわりのないほんとうに人間にふさわしい幸福を、一歩一歩、確実に自分のものにしていくことなのである。

現在一般におこなわれている人生観によれば、人間の生活というのは、その動物的な自我が生まれてから死ぬまでのほんのわずかな時間のことを、さすらしい。しかし、こんなものは人間の生活でもなんでもない。動物的な自我にとらわれた人がただ生存しているというだけのことだ。人間の生活は、動物的な生存という形をかりてあらわれはするが、けっしてそれだけのものではないのである。ちょうど、有機的生命が、物質という形をとおしてあらわれはするが、ただそれだけのものでないのと、おなじことである。

それでも、人は、動物的な自我の求めてやまぬこの目でちゃんと見られるような目的が、人生の目的だと、考えがちなものだ。そういうような目的は、目に見ることができるから、したがって、理解しやすいように思われるのである。

ところが、理性の意識のさししめす目的は、目で見られないものだから、なんとなく不可解なもののように思えるわけだ。そこで、目に見えるものをこばんで、目に見えないものにしたがったりするのが、最初は、どうにもこわいような気がするのである。

現代のまちがった教えに毒された人は、自分の場合を見ても、他人の場合を見てもちゃんとこの目で認められる動物的な自我の要求――ほうっておいてもひとりでに起こるようなそんな要求なら、しごく簡単で明瞭《めいりよう》なように思うくせに、この目で認められない理性の意識の新しい要求になると、まるで正反対なもののように思ってしまうのだ。ひとりでに起こるのと違って、つとめておこなわなければならないこうした要求にこたえるのは、なにかひどく複雑で、むずかしい、とっつきようもないことみたいに思うのである。はっきりとこの目でたしかめられるような人生観をすてて、あいまいなはっきりつかめない意識にしたがうのが、なんとなく恐ろしいし、無気味なのだ。たとえば、生まれてくる赤ん坊に自分の生まれるのが感じられたなら、無気味で、恐ろしくて、たまらなかったに違いない。ちょうどそれとおなじような恐ろしさ、気味悪さなのである。しかし、この目で見えるような観念に導かれれば、けっきょく、行きつく先は死なのに、目で見られない意識だけが生命を与えるのだから、ほかにどうしようもないではないか。

一六　動物的な自我は人生の道具である

動物的な生存というものは、たえず、死にむかって亡びの道をたどっていくようなものでしかない。したがって、そういった動物的な自我のうちに、ほんとうの生活があるわけはない。どんな議論だって、この疑いようのない明らかな真理を、人の目から、かくしたりすることなどできないのである。

人は、この世に生まれてきてまだ小さかったころから、年をとって、やがて、死んでしまうまで、自分というひとりの人間の生存が、けっきょく、死をまぬがれない動物的な自我のたえまない消耗と衰弱でしかないと、いやでも、認めないわけにはいかなくなる。だから、自我の拡張と不滅とをねがってやまない自分という個人のうちの生活意識は、その生活の唯一の目的が幸福になることなのにもかかわらず、たえまなく、矛盾にせめさいなまれ、苦しみぬいたあげく、不幸にうちひしがれずにはいないのである。

人間の真の幸福がたとえどこにあろうとも、動物的な自我の幸福だけは、人間である以上、否定しないではすまされないわけだ。

動物的な自我の幸福を否定することは、人間生活の法則である。もし理性の意識にしたがって動物的な自我を否定するにはしても、その否定が徹底しておこなわれなければ、つまり、人間生活の法則がじゅうぶんに実現されなければ、やがて、肉体とともに動物的な自我の死ぬとき、それも、死の苦しみにたえかねて、ただ一つのこと——自分が亡びるというせつない意識からのがれたい、別な生存様式に移りたいという、一つのことだけをねがうときになって、ひとりひとりの人間のうちで、この生活の法則はむりやり実現されることになるだろう。

真の人間生活にはじめてふみこんだ人の経験することは、ちょうど、主人に厩《うまや》からひきだされ、はじめて馬車につけられた馬の身に起こることと、よく似ている。厩からでて、外の光にふれ、自由な気分になった馬は、こうした自由のうちにほんとうの生活があるように思うが、じきに車につけられて、駆りたてられねばならなくなる。馬は自分のうしろに重荷を感じる。それでも、なお、自由に走ることにほんとうの生活があると考えるならば、馬はもがいて、倒れて、死んでしまうに違いない。たとえ死なないまでも、そうした馬にはただ二つしか道は残されていないのだ。そのまま車をひいて歩きつづけていくうちに、けっきょく、荷もたいして重いものではなし、こうして行くのも苦痛どころか、かえって、喜びだとさとるか、もしくは、あくまで強情をはりとおすかどちらかである。いつまでもいうことをきこうとしなければ、主人はその馬をこなし車のうえへつれていって、輪なわでしっかりと壁にくくりつけるだろう。車は馬の足もとでまわりだすので、馬は、暗闇のなかでもって、ひとつところをいつまでも、苦しみながら、歩かなければならなくなる。それでも、その馬の力はけっしてむだになってはいないのだ。つまり、この馬の場合、いやな仕事をおしつけられてしているものの、やはり、そこにも生活の法則がちゃんと働いているからだ。こうした二とおりのゆき方も、けっきょく、行きつくところに変りはない。ただ、はじめの馬の場合は喜んで働いているのに、あとの馬の場合になると、苦しんでいやいや働いているという違いがあるだけなのである。

「ところで、人間である自分が、生きていくためには、自我の幸福を否定しなければならないとすると、いったい、この自我というものはなんのためにあるんだろう？」自分の動物的な生存を人生とみなしているような人々は、よく、こんなことをいう。実際、なんのために、こんな自我の意識が——真の人間生活のあらわれをさまたげるような自我の意識が、人にそなわっているのだろうか？

こうした質問には、これと似たようなもう一つの質問でもって、答えることができる。というのは、ほかでもない。つまり、生命と種族の維持だけを目的として、ひたすら生きているような動物だったら、しても、おかしくなさそうなつぎのような質問を、一つ、考えてもらいたいのだ。

「いったいなんだって」とその動物がたずねるとしよう。「こんな物質とか、物質の法則とかいうようなものがあるんだろう？　物理的な法則だの、化学的な法則だの、なんだのかんだのって、うるさいったらありゃしない。どれもこれも、おれが、自分の目的を実現するためには、戦わなけりゃならないものばっかりだ。もしおれの使命が動物としてじゅうぶんに生きることだとしたら、おれが征服しなけりゃならないようなこんないろんな邪魔物は、いったい、なんのためにあるんだろうか?」

もちろん、われわれにはわかりきったことで、説明するまでもなかろうが、動物がその生存のために戦って、したがえなければならない物質とその法則は、すべて、邪魔物どころか、動物がその目的を実現するためになくてはならない手段なのである。物質を摂取し、物質の法則を媒介としなければ、動物は一日も生きていかれないのだ。人間の生活の場合にも、ちょうどこれとおなじようなことがいえる。人が自分というものをそこに認めている動物的な自我——しかも、自分の理性の意識に従属させぬわけにはいかない動物的な自我は、それだからといって、けっして邪魔物ではないばかりか、むしろ、人が幸福というその目的に到達するため、なくてはならない手段なのである。動物的な自我は人が働くのに使う道具である。動物的な自我は、人間にとって、畑を耕すスキ——耕しているうちに切れなくなり、とがれて、すりへってゆくスキである。スキが人間に与えられたのは、こうやって使うためであって、ぴかぴか光らせて、しまっておくためではもちろんない。動物的な自我も、やはり、使って役だたせるために人間に与えられた才能だから、ただそのままほうっておいただけでは、いけないのだ。

「自分のいのちを惜しむものは、かえって、それを失うだろう。自分のいのちをわたしのために失うものは、かえって、それを見いだすだろう」（マタイによる福音書一六章二五節）この言葉のうちには、いいかえると、つぎのような意味のことが語られている。亡びなければならないもの、亡びないではすまないものなど惜しんではいけない、亡んでいくもの、亡びなければならないもの、つまり、われわれの動物的な自我を否定して、はじめて、真の生命——永久に亡びない、亡びようのない生命が手に入れられる、という意味が語られているのだ。また、そこには、われわれが人間の生活でもなんでもない動物的な生存を人生と考えることなどやめるとき、はじめて、真の人間生活が始まる、という意味もこめられている。それから、生命をささえる食べものを作るのにどうしても必要なスキを、使い惜しんだりする人は、スキを惜しんだばっかりに、食べものはもちろん、生命まで失ってしまうものだということも、そこに、語られているのである。

一七　霊の誕生

「いまいちどきみたちは新しく生まれなければならない」（ヨハネによる福音書三章七節）とキリストはいった。実際、生まれかわれと、だれかにいわれなくても、人は、どうしたって、そうならないわけにはいかないのである。ほんとうの生命をもつためには、人は、理性の意識に導かれて、それにふさわしい存在にもういちど生まれかわらなければならないのだ。

人に理性の意識が与えられているのも、けっきょく、この理性の意識のしめす幸福を手に入れて、人が真の生活を送らなければならないからだ。こうした幸福のうちに生きるものは、ほんとうの生命をもつことになる。ところが、そうした幸福のうちに生きようとせず、動物的な自我の幸福に生きるものは、そのことだけで、もう、生命を失うのである。キリストのいう生命の意味はここにある。

しかし、個人の幸福を求めることが人生だと考えているような人たちは、こういう言葉を聞いても、ただ聞いたというだけでその本質を理解しない、いや、理解できないのだ。この人たちは、そういう言葉がぜんぜんなんの意味もないものか、でなければ、意味があっても、まったくとるにたらぬもの、なにか感傷的で神秘的（この種の人たちはこんなふうなよび方を好む）な気分を、もっともらしく、よそおっただけのものでしかないなどと、思っている。けれど、実は、こういった言葉はこの種の人たちには、とても、およびもつかないような状態を説明しているのであって、それが理解できないのは、ちょうど、ひからびて芽のでないたねに、もう芽をのばしかけたみずみずしいたねの状態が、理解できないのと、おなじである。ひからびたたねにしてみれば、これから生まれでようとするたねにふりそそぐ太陽も、ほんの無意味な偶然――すこしばかり熱や光をよけいに与えるものでしかないが、芽をのばしかけたたねにとっては、いきいきした生と命にみち溢《あふ》れて生まれでる原因なのだ。ちょうどそれとおなじように、動物的な自我と理性の意識の内面の矛盾をまだ感じない人の場合も、太陽の光、つまり、理性は、やはり、ただの無意味な偶然――感傷的で神秘的な言葉にすぎないわけだ。太陽の光をうけてよみがえり、生きいきとするのは、そのうちにすでに生命をやどしているものだけなのである。

人間にかぎらず、動物の場合でも、植物の場合でも、生命というものがなぜ、いつ、どこで、どんなふうにして発生するかということになると、今日まで、だれひとりとしてほんとうに知るものはなかった。人間のうちにやどる生命の発生ということについて、キリストは、このことはだれも知らないし、知ることはできない、といっている。（ヨハネによる福音書三章八節。「風は思いのままに吹く。風の声は聞こえても、どこから来て、どこへ行くかは、わからない。霊によって生まれるものも、みな、これとおなじだ」）

実際の話、生命が人間のうちでどんなふうにして発生するかということなど、なんで人に知ることができるだろう？　生命は人間の光である。生命は生命である。つまり、いっさいのものの根源である。その生命がどんなふうにして発生するかということなど、いったいどうして人に知ることができるだろう？　発生したり、亡んだりするのが人にわかるのは、ほんとうに生きていないもの——空間と時間とのうちにあらわれるものの場合だけなのだ。生命になると、発生しようもなければ、亡びようもないものとしか考えられない。

つまり、生命は真の存在なのである。

一八　理性の意識はなにを要求するか

まったく、理性の意識が、心のうちで、疑いようもないくらいきっぱりと断言しているとおり、自分という個人の立場にたって世界を見ようとするかぎり、人間には、ひとりひとりの人間には、幸福になることなどぜったいに望めないのである。つまり、人間の生活は自分が、この自分が幸福になりたいというねがいにほかならないのに、人間はそんな幸福など不可能だと認めぬわけにはいかないのだ。ところが、おかしなことに、そんな幸福など不可能だとはっきり認めているにもかかわらず、それでも、やっぱり、人はこの不可能な幸福――自分ひとりの幸福を手に入れたいという一心で生きているのである。

目ざめはしたが（つまり、目ざめたばかりで）、動物的な自我をまだ従属させていない理性の意識をもった人間にしても、自殺でもしないかぎり、やはり、この不可能な幸福を実現させようとして生きているのだ。こうした人が生きて活動しているのも、けっきょく、自分が、自分ひとりが幸福になりたいためなのだ。いや、それどころか、この自分の幸福のために、享楽のために、苦痛や死をこの自分にもたらさぬようにするために、すべての人、すべてのものが、みんな、生きて活動してくれればいいと、望むばかりか、そうなるようにしむけさえするのである。

実際、こんな幸福が人間の手に入れられるはずもなければ、他人が自分自身を愛するのをやめて、ただこの自分だけを愛そうとするわけもないということなど、自分の経験からおしてみても、まわりの人の生活を見てみても、理性のささやきに聞いてみても、もうわかりきった話なのに、それでもまだ、富とか、権力とか、高い地位とか、名声とか、追従《ついしょう》とか、欺瞞《ぎまん》とか、ありとあらゆる手をつかって、なんとかして他人が自分自身のためでなくて、この自分のために生きるようにしてやろう、他人が自分自身でなくて、この自分を愛するようにさせてやろうと、人は、めいめい、そんなことで、あくせく日を暮らしているのだ。ただただおどろくほかはないが、それが事実なのである。

こうした目的のためには、人は、できることならなんでもしてきたし、現にしているのだ。しかも、それでいて、不可能なことをしようとしているのだと、自分でもちゃんと知っているのだ。「幸福になりたいというこのねがいが、けっきょく、おれの人生だ」と人は考える。「おれは幸福になりたい。おれがほんとうに幸福になるには、他人が、みんな、自分自身よりこのおれを愛しさえすればいいのだ。ところが、みんなはただ自分自身だけを愛しているのだから、おれが他人にこのおれを愛させようとしてやっていることなど、なにもかも、徒骨折《むだぼねお》りでしかない。徒骨折りだが、おれには、それ以外、どうすることもできない」

なん世紀もなん世紀もたって、人はさまざまな天体までの距離を知り、その重さを決め、太陽や星の成分を知ったけれど、個人の幸福の要求と、この幸福の可能を否定する社会生活とをどうやって調和させるかという問題は、大部分の人にとって、五千年まえの人とおなじように、未解決のまま残されているのである。

理性の意識は人にこう語りかけているのだ。「たしかに、おまえは幸福になれる。だが、それは、すべての人が自分自身よりもっとおまえを愛するものとしての話だ」しかも、その理性の意識がこうも教える。「そんなことはとてもできやしない。なぜなら、人はみんなただ自分だけを愛するからだ」けっきょく、理性の意識によって人にしめされる唯一の幸福が、おなじ意識によって、ふたたびかくされてしまうとしか、思えないのだ。

なん世紀もなん世紀もたったけれど、人生の幸福についての謎は、大部分の人にとって、やはり、こうして未解決のまま残される。ところが、この謎は、実は、とうのむかしに解決されているのである。そして、その解決を知った人たちは、どうしてそれが自分でとけなかったのか、不思議でたまらず、ほんとうは、とうに知っていたのだけれど、ただちょっと忘れていただけなのだというような気さえする。現代のまちがった教えのうちではしごく困難なものとされているこの謎の解決も、実際には、それほど簡単で自然なものにすぎないのである。

「おまえはすべての人がおまえのために生きるのを望んでいるだろう？　すべての人が自分自身よりももっともっとおまえを愛すのを望んでいるだろう？」理性の意識は、こんどこそ、はっきりと力強く人に語りかけるに違いない。「おまえのこの望みがかなえられるような状態は、ただ一つしかないのだ。それは、すべての人が他人の幸福のために生き、自分自身よりもいっそう他人を愛すような状態である。そのとき、はじめて、すべてのものがすべてのものによって愛されるようになるだろう。もちろん、おまえも、そのひとりとして、望んでいたとおりの幸福を手に入れることになるだろう。こうして、すべての人が自分より他人を愛するようになるとき、はじめて、おまえが幸福になれるとすれば、おまえも、人間のひとりとして、当然、自分よりも他人をいっそう愛さねばならぬはずではないか」

理性の意識のしめすとおり、この条件がととのって、はじめて、人間の幸福、人間の生活は可能となるのである。この条件がととのって、はじめて、人間の生活を毒するようなものはなくなるのである。生存競争も、なやましい苦痛も、死の恐怖もなくなるのである。

実際、ひとりひとりの人間の生存の幸福を不可能にしているものはなんだろう？　まず、第一に、個人的な幸福を求める人間どうしの生存競争である。第二には、生命の消耗と、飽満と、苦痛しかもたらさないみせかけの享楽である。第三に、死である。しかし、こういった幸福をさまたげるものをなくして、幸福を人間の手に入るものにするには、心のうちで、人がこう考えてみさえすればいい。自分ひとりの幸福を求めるような生き方は、他人の幸福を求める生き方に、変えることができると、考えてみればいいのである。自分ひとりの幸福を求めるせまい人生観で世界を見ると、人は、この世界に、たがいに亡ぼしあう人間どうしの不合理な生存競争しか見ることができない。ところが、他人の幸福を求めることが自分の生活だと認めるならば、人はぜんぜん別なものをこの世界に見るだろう。生存競争などというでたらめな現象のとなりに、おなじ人間どうしのたえまない相互奉仕——それがなくてはこの世界の存在も無意味になってしまうような奉仕を見るに違いない。

これさえ認められれば、とてもかなえられるはずのない個人の幸福を手に入れようとしていた、これまでの、いっさいの無意味な活動も、世界の法則と一致するようなほかの活動——自分もふくめたこの世のいっさいのものを対象にして、もっと大きな実現性のある幸福を手に入れるための活動と、とってかえられるはずである。

個人の生活をみじめにし、その幸福を不可能にする第二の原因は、生命を消耗させ、飽満と苦痛しかもたらさないあの見せかけの享楽である。しかし、他人の幸福を求めることが自分の生活だと人が認めさえすれば、裏切られるに決まっているこんな享楽をものほしそうに追いまわすことなど、自然に、なくなってしまうだろう。動物的な自我という底なしの樽《たる》をいっぱいに満たそうとする無意味な苦しい活動も、他人の生活のためにつくそうという理性の法則にかなった活動——自分が幸福となるためになくてはならない活動に、とってかわるだろう。生命の働きをやきつくす苦痛のなやましさも、みのりおおいよろこばしい活動をよび起こさずにはいない感情——他人にたいする思いやりの感情に、とってかわるだろう。

個人の生活をみじめなものにする第三の原因は、死の恐怖である。しかし、人が自分の動物的な自我の幸福をねがうのをやめて、他人の幸福を自分の生活の目的だと認めさえすれば、死という怪物も、その目のまえから、永久に姿を消すに違いない。

というのは、つまり、死の恐怖が、肉体の死によって、生命の幸福まで失われるという恐怖から、起こるものだからである。もし人が他人の幸福を自分の幸福と考えることができたならば、つまり、自分よりももっと他人を愛することができたならば、死は、自分ひとりのために生きている人の思うように、幸福と生命の中絶というふうには考えられないだろう。他人のために生活している人にとって、死が幸福と生命を亡ぼすものだなどとは、考えようにも考えられないことなのである。なぜなら、他人の幸福と生命は、そのために奉仕するひとりの人の生命によって、そこなわれるわけがないばかりか、むしろ、しばしば、その生命の犠牲によって高められもし、強められもするからである。

一九　理性の意識の要求は、すでに、正しいものとして認められている

「しかし、こんなものは人生ではない。人生の否定だ。自殺だ」とかきみだされた迷いやすい意識は、人のうちで、こう答えるだろう。「そんなことは知らない」と理性の意識はそれに答える。「ただ知っているのは、人生とはそうしたもので、なんとしたって、それ以外に、人生のありようはないということだけだ。それから、こういうことも知っている。人間にとっても、世界のいっさいのものにとっても、こうした生活がほんとうの生活だし、幸福なのだ。いままでの世界観では、自分の生活も、ほかのいっさいのものの生活も、不幸な無意味なものでしかなかったのに、この世界観によれば、それが人間のうちに存在する理性の法則の実現ということになる。めいめいの人がすべての人に奉仕するという法則、つまり、いいかえれば、すべての人がめいめいの人に奉仕するという法則さえ実行されれば、それこそ、人間という人間が、ひとり残らず、どこまでも無限に幸福になれるに違いない、人間の最大幸福が実現するに違いないのだ」

「しかし、そんなものは頭で考えられた法則には違いないが、実際の法則だとはどうしたって思えない」とかきみだされた迷いやすい意識はまた答える。「現に、いまだって、おれのことを他人《ひと》は自分自身を愛すほど愛しちゃいないじゃないか。だから、おれは他人を

自分よりも愛すわけにはいかない。他人のために、楽しみをふいにしたり、苦痛を受けたりするのはまっぴらだ。理性の法則などおれにはいっこう用はない。おれは楽しみがほしいんだ。苦痛なんか受けたくないんだ。それに、きょうびは、人間どうし生存競争で血まなこになって押しあいへしあいしているんだから、おれひとりだけふところ手でのほほんとしていたら、たちまち、他人にふみつぶされちまうさ。すべての人の最大幸福など、どんな方法でほんとうに実現するのか知らないが、おれにはどうだっていいことだ。おれに入用なのは、おれ自身の実際の幸福、おれの最大幸福だ」こうまちがった意識はいうだろう。

「そんなことは知らない」と理性の意識はそれに答える。「ただこういうことなら知っている。おまえの楽しみとよんでいるものが、ほんとうに、おまえにとって幸福となるのは、その楽しみを他人がおまえに与えてくれるときだけだ。おまえが自分のために自分でそれをとろう、つかもうとすれば、せっかくの楽しみも、現にそうなっているとおり、よけいなもの、苦痛を感じさせるものにしかならないだろう。また、おまえが現実の苦痛からのがれることができるのも、他人が苦痛からおまえを救いだしてくれるときだけで、いまのように、現実のものでもないただ空想されただけの苦痛を恐れるあまり、自分で自分の生命をうばうといったふうに、いくら自分自身の手でもってそれから逃れようとしたところで、逃れられるものではないのである。

それから、こんなことも知っている。個人的な生活、つまり、すべての人がおれひとりを愛してくれるのに、おれはおれで自分自身しか愛そうとしないような生活、できるだけ大きな享楽をおれだけがひとりじめにし、おれだけが苦痛と死から逃れられるような生活――そんな生活は、それこそ、たえまなく続く最大の苦痛に違いない。それに、おれが自分を愛せば愛すほど、他人に戦いをいどめばいどむほど、他人もますますおれをにくみ、ますますはげしい敵意をもやしておれと戦うことになるだろう。おれが苦痛から身を守ろうとすればするほど、ますます苦痛はなやましいものになるだろう。死から逃れようとおれがあがけばあがくほど、死はますます恐ろしいものになるだろう。

これだけは、はっきりしている。なにをしようとも、人は、その生活の法則にかなった生き方をしないかぎり、幸福にはなれないのだ。人の生活の法則とは争いあうことではなくて、反対に、たがいに奉仕しあうことなのである」

「しかし、おれは自分自身のうちにしか生命を認められない。他人の幸福のうちに自分の生命を考えることなど、とても、できない」

「そんなことは知らない」と理性の意識はまた答える。「ただ知っているのはこういうことだけだ。つまり、これまで不幸で無意味だとしか思えなかったおれの生活と、この世のいっさいのものの生活が、いまでは、おれのうちに認められるおなじ理性の法則にしたがうことによって、おなじ一つの幸福をもとめる、完全な、生きた、理性的なもののように思われるのである」

「しかし、おれにはそんなことは不可能だ！」と迷った意識はいう。ところが、どうだろう、この不可能なことをしない人はいないし、この不可能なことのうちに人生の最良の幸福を考えない人はいないのである。

「他人の幸福が自分の幸福だなんて考えることもできない」が、そうはいっても、自分以外の人の幸福が自分の幸福となるような状態を知らない人はいないのである。「他人のために働いたり、苦しんだりすることに幸福があるとは、とても考えられない」が、こうした思いやりのあるやさしい気持に人が身をゆだねさえすれば、個人的な享楽などというものは、その人にとって、たちまち意味を失い、その生命力は他人の幸福のためにささげる労働と苦痛のうちにすっかり移されてしまうばかりか、そうした苦痛も、労働も、その人には幸福となるのである。「他人の幸福のために自分の生命を犠牲にすることなど、どうしても、できない」が、これも、こうした感情を認めさえすれば、たちまちもう、死が見えなくなり、恐ろしくなくなるだけではなく、それが人にゆるされた最高の幸福のように思えてくるのである。

　自分の幸福を望む気持を他人の幸福を望む気持におきかえることができると、たとえ形にあらわさぬまでも、ほんとうに心から認めさえすれば、その人の生活は、これまでの不合理で悲惨なものから、合理的で幸福なものにがらりと変ってしまうのだということを、理性的な人だったら、認めないわけにはいかないだろう。また、こうした人生観を他人やほかの生物にまであてはめて考えてみるならば、もとは不条理で残酷だとしか思えなかったこの世のいっさいの生活が、たちまち、人間の望める理性にかなった最高の幸福となることを、理性のある人なら、やはり、認めないわけにはいかないだろう。理性的な人にとって、無意味で無目的だった人生が合理的な意味をもつようになるのである。こうした人にこの世の生活の目的として考えられるのは、地球上の人間がみんな一つに結びついて、どこまでも理性的な存在として発展していくことなのだ。理性をもつ人はこういうふうに考えるようになるのである。この目的にむかって生活が進められていくうちに、すべての人間がますますしっかりと理性の法則にしたがうようになって、これまでは理性的な人だけに理解されていた真理——つまり、めいめいが自分ひとりきりの幸福など求めたりせず、ほかのすべてのものの幸福を求めるという、理性の法則にかなった気持になりさえすれば、人生の幸福は実現されるという真理を、やがては、みんなひとり残らず理解するようになるだろう、こうして、はじめは、人間に、ついで、いっさいの生物に、理性の法則はしだいにおよぼされていくだろう、と考えるようになるわけである。

しかし、それればかりではない。自分の幸福を望む気持を他人の幸福を望む気持におきかえることができると、認めさえすれば、人は、こうやって少しずつしだいに自我を否定しながら、活動の目的を自分から他人に移していくことが、人類と、人類に関係のふかい生物の前進運動にほかならないということを、どうしたって、認めないわけにはいかなくなるのである。なんなら、歴史を見てみるがいい。歴史のうちにあらわれた一般の生活の変化は、人間どうしの闘争の強化とか増大とかいった方向に動いているのではなく、むしろ、反対に、不和やあつれきの減少、闘争の緩和という方向に進んでいるのである。つまり、この世界が、理性の法則にしたがうことによって、敵意や不和やあつれきといったようなものから、調和と結合にしだいに近づいているのが、生活の変化の実相なのである。見てみるがいい。もとはたがいに食いあっていた人々が食いあいをやめたり、とりこや自分の子どもを殺していた人々が殺すのをやめたり、人殺しを誇りとしていた軍人たちがそれを誇るのをやめたり、奴隷制度を始めた人々がその制度をなくしたり、動物を殺していた人々が飼いならすことをおぼえて、むやみに殺すのをひかえ、肉のかわりに、その卵や乳を食用とするようになったり、また、植物のようなものまで、やたらにそれを絶やすのをいましめるようになったりしたという事実——こういう事実があるではないか。人はこうしたことを認めないわけにはいかないのである。また、人は、人類のうちのすぐれた人々が享楽の追求を非難して、節制を勧めているのを知っている。それから、また、のちの世の人に讃嘆《さんたん》されるようなきわめてすぐれた人々が、その身を犠牲にするという、立派な手本を残しているのも知っている。こうして、人は、自分では、ただ理性の要求によって認めただけのことが、実際に、この世におこなわれているばかりか、人類の過去の生活によって、その正しさまですでに証明されているのを、知らされるのである。

しかも、それだけではないのだ。理性よりも、歴史よりも、いっそう力強く確実に、おなじ事実を、まるきり別のところから、違ったやり方で、人にしめすものがある。それは、自分自身の幸福を求めるのとなんの変りもなく、他人の幸福を求めさせるような活動――理性の教えているとおりの活動に、人を自然にひきつけてやまない心の動き、つまり、人の胸のうちにあふれる愛なのである。

二〇　自我の要求と理性の意識の要求は両立しないように思われる

理性も、判断も、歴史も、内面の感情も、あげて、こうした人生観の正しさを人に確信させずにはいないようだ。しかし、現代のまちがった教えにそだてられた人には、それでも、やはり、理性の意識と、その感情の要求を満たすことが人生の法則だとは、どうしても、思えないのである。

「自分の幸福のために他人と戦ってはいけない、享楽を追求してはいけない、苦痛をさけようとしてはいけない、死を恐れてはいけない！　こうして、いけない、いけないというけれど、しかし、それは、どだい、むりな注文だ。それは人生をすっかり否定してしまうことになる！　自分の自我の要求を自分で感じて、その要求の正しさまで理性に照らして知っているのに、いったいどうしてその自我を否定しなければならないのだろう？」現代の教養のある人々は、まったく確信に満ちた調子でこういうのである。

ところが、おもしろいことに、理性をみがく機会にほとんどめぐまれない単純な働く人たちは、自我の要求などにぜんぜん固執しようとしないばかりか、かえって、自分のうちに、自我の要求とまったく矛盾するような要求をいつも感じているのだ。それにひきかえ、理性の意識の要求をあたまから否定したり、そうした要求の正しさをいちいち論破したりして、自我の要求のほうが正しいと主張するのは、決まって、理性の発達した裕福な洗練された人たちなのである。これはちょっと見のがすことのできない重要な現象だ。

ひまと金にめぐまれたひ弱な教養人は、いつも、自我が絶対不可侵の権利をもつものだと証明してゆずらないだろう。けれど、飢えた人は、食べものが人間には必要だなどと、いまさら証明したりしないに違いない。そんなことはみんな、いわれなくても心得ていることで、証明するわけにも、反駁《はんばく》するわけにもいかないのを知っているから、飢えた人は、ただだまって食べるだけだろう。

こんな現象が起こるのも、いわゆる無教育者――生涯、肉体労働をして暮らしているような単純な人の場合、自分の理性をゆがめたり、そこなったりする機会などほとんどないため、理性の力も、純潔さも、そのまままたもたれるからなのである。

ところが、あれこれ考えることを仕事にしている人――とるにたりないどうでもいいようなことばかりか、思ってみるだけでも人間としてどうかと思われるようなことまで考えて、生涯すごしている人になると、自分の理性をもうすっかりゆがめにゆがめてしまっているため、理性もそこではのびのびと自由に働く力を失うほかはないわけだ。つまり、理性は、それにふさわしくないようないろいろな問題――自我の要求を検討することとか、その拡大や発達を考えることとか、自我を満足させる手段を工夫することとか、そういった問題で手いっぱいにされて、動きがとれなくなってしまうのである。

「しかし、おれは自分の自我の要求をたしかに感じているんだから、この要求は正当なものに違いない」いわゆる教養のある人——現代のまちがった教えにそだてられた人は、こんなことをいう。

こうした人たちは自分の自我の要求を感じないではいられないのだ。この人たちの生活は個人的な幸福をできるだけ大きなものにすること（むなしい空想にすぎない）に、あげて、かたむけられている。自分の欲求を満足させれば自分が幸福になれると、考えているのだ。こうした人たちが自我の要求とよんでいるのは、理性のたすけをかりて確認された個人的な生存の条件なのである。こうして意識された要求——理性のたすけをかりて確認された要求は、そこだけに意識が働くため、いつの場合でも、奇怪なくらい度はずれに拡大されて見えるものだ。この拡大された要求を満足させようとして、それにこころをうばわれて、こういった人たちの目から、ほんとうにだいじな自分の真の生活の要求はさえぎられてしまうのである。

いわゆる社会学はその研究の基礎に人間の欲求にかんする学説をおいているが、そういった学説にとって都合の悪い事情——人間には、自殺しようとしている人や、餓死しかかっている人のように、なんの欲求もない場合もあれば、文字どおり、欲求の無限な場合もあるという事情になると、いっこう勘定には入れていないらしい。

動物的な人間が生存する場合に感じる必要——欲求は、それこそ、さまざまだ。人間の生存の条件が変るのにつれて、その欲求もまた変る。しかも、この条件というのが、円の半径とおなじことで、無数にあるわけだ。たとえば、食物や飲物の必要、呼吸の必要、筋肉や神経を働かす必要、労働や休息や快楽や家庭生活の必要、科学とか、芸術とか、宗教とかいったたぐいのものの必要……あるいは、また、子どもや、青年や、大人や、老人や、娘や、人妻や、老婆などの、それぞれに感じる、いまあげたようないっさいのものの必要……それから、中国人やら、パリ人やら、ロシヤ人やら、ラップランド人などの感じる必要……または、さまざまな階級の雑多な習慣とか、いろいろな病気とかいうような場合場合におうじた必要……。

こうして、日の暮れるまで数えたてていたところで、人間の欲求はとても数えつくせるものではない。生存のあらゆる条件が欲求を生むうえに、生存の条件は無数だからである。もっとも、欲求となるのはそのうちの意識された条件だけだ。しかし、意識された条件は、意識されるが早いか、たちまち、その本来の意味を失い、そこだけにむけられる理性の意識の働きによって、誇張された意味をもつようになるから、真の生活がそのかげにかくされてしまうことになるのである。

欲求とよばれているもの、つまり、人間の動物的な生存の条件は、膨脹してどんな形でも自由にとれる無数の小さな玉にたとえることができるだろう。どの玉もみんなおなじで変りがなく、それぞれの場所におさまっているから、膨脹でもし始めないかぎり、たがいに圧迫しあうようなことはない。人間の欲求にしたって、どれもみんなおなじもので、それぞれの位置をそれぞれにしめているだけのことだから、とくに意識されでもしないかぎり、病的に感覚されるようなことはないのである。しかし、いちど膨脹し始めると、たちまち、玉はふだんよりずっと大きな場所をとって、ほかの玉をおしつけたり、また、おし返されたりして、せめぎあうことになる。人間の欲求も、これとおなじで、その一つだけに理性の意識がむけられて働きだしたりすれば、たちまち、意識されたその欲求が生活のすべてとなって、矛盾をよび、人を苦しめずにはいないわけだ。

二一　要求されるのは自我を否定することではなくて、自我を理性の意識に従属させることである

実際、人が自我の要求だけを感じて、理性の意識の要求を感じないというのは、けっきょくのところ、理性の用い方を誤ったためはびこるだけはびこった動物的な欲望に人がふりまわされて、真の人間生活を見失ってしまったということにほかならない。おいしげった悪徳の雑草に真の生活の芽ばえがいためつけられてしまったのだ。

現代のような世のなかでは、こんな現象が起こるのも、不思議ではない。なにしろ、指導的な立場におかれている人々が、個人の最高の完成は自我の高度な要求を多面的に発展させることだとか、大衆の幸福はそのうちに存在する多くの欲求をできるだけ満足させることによって保証されるだとか、人間の幸福はただその欲求の満足にかかっているだとか、人に断言してはばからない始末なのだから、思いなかばをすぎるものがあろう。

こんな教えにそだてられてきた一般の人たちが、自我の要求なら感じるが、理性の意識の要求は感じないなどといって、疑いもしないのは、むしろ、当然のなりゆきではなかろうか？　理性がまちがって利用され、ただ肉欲を強める役にしかたたないとき、どうして人は理性の要求を感じることができるだろう？　こういった動物的な欲望が生活のすべて

となっているとき、どうして人はその要求を否定することができるだろう？

「自我を否定することは不可能だ」とよくこうした人たちはいうものだ。こういうとき、理性の法則に自我を従属させるという観念と、自我を否定するという観念をすりかえて、この人たちは問題をわざとゆがめているのである。

「こんなことは不自然だ」とこうした人たちはいう。「だから、不可能なんだ」しかし、だれも自我を否定しろなどとはいっていない。理性的な人間と自我との関係は、ちょうど、この動物的な自我と呼吸や血液循環の関係とおなじなのだ。動物的な自我に血液の循環を否定することなどできるだろうか？　そんなことは口にするのもばかばかしいくらいだ。理性的な人間にしたって、おなじことで、自我の否定などということは口にするのもばかばかしい話なのである。自我は、理性的な人間にとって、なくてはならないその生活の条件であって、血液循環が動物的な自我の生存の条件なのと、なんの変りもないのである。

こうした自我――動物的な自我は、ほんらい、なににせよ要求などというものを持ちだすことができないし、また、持ちだしもしないものだ。こういった要求――いわゆる自我の要求を持ちだすのは、けっきょく、まちがった方向にむけられた理性――人間の生活を導き、照らしだすためでなく、自我の動物的な欲望をあおりたてるために、利用される理性なのである。

動物的な自我の必要はいつだって満たされるのだ。なにを食べようとか、なにを着ようとか、人はいうわけにいかないのだ。いっさいのこうした必要は、人が理性にかなった生活を送りさえすれば、空の鳥や野の花とおなじように、人にも保証されるものなのである。（マタイによる福音書六章二五節—三四節参照）実際、人間としてものを考える以上、自我の要求を満たすだけで、生きてゆくうえの不幸がへるなどと、本気で信じられるだろうか？

人間の生存の不幸は、人がそれぞれ自我をもった個人だというところから起こるのではなくて、そうした個人的な生存に人生や、人生の幸福を認めようとするところから起こるのである。そんな認識にとらわれるものだから、人間のうちに、矛盾や分裂や苦痛が生まれるのだ。

つまり、人間が苦痛を感じるのも、理性の力をかりてあおりたてられたひきもきらない自我の要求に目をうばわれて、人が理性の正しい要求を見失うときにかぎるのである。

しかし、それだからといって、人が自我を否定する必要もないし、また、否定することもできない。人が生きるうえに必要なほかのいろいろな条件を否定できないのとおなじことだ。ただこういった生存の条件を人生そのものと認めることはできないし、認めてもならない。人は与えられた生活条件を利用することができ、また、利用しなければならないけれど、その条件を人生の目的とみなすことだけはさけなければならない。つまり、自我を否定するのではなくて、自我の求める幸福を否定するのだ。自我を人生とみなすのをやめるのだ。人間が一つに結合するために、そういう真の生活になくてはならない幸福を手に入れるために、人間であるかぎり、ぜひとも、これだけは実行しなければならないのである。

だが、こんなことはいまに始まった話ではないのだ。自我のうちに人生を認めることは生命の否定であって、自我の幸福の否定こそ生命にいたる唯一の道だという教えが、もう大昔から、人類の偉大な教師たちによって、説かれている。

「そう、しかし、それがどうだというんだ？　それは仏教じゃないか！」と現代の人たちはよくこんなふうに反撥《はんぱつ》する。「涅槃《ねはん》じゃないか！　柱のうえに立つことじゃないか！」

そして、こんなふうなことをいいながら、現代の人たちは、すべての人がいやというほどよく知っていて、かくしておきたくてもかくしておけないようなこと、つまり、個人的な生活は不幸で無意味だという事実を、ひどく手ぎわよく効果的に、論破してしまったように思っているのである。

「それは仏教だ、涅槃だ」とくり返しながら、そういった言葉でもって、この人たちは、いく十億もの人がいままでに認めてきたばかりか、現に、われわれのひとりひとりが心の奥底で知りつくしていること、つまり、個人的な目的しかもたない生活は有害で無意味で、そんな害毒のある生活からぬけだしたければ、個人の幸福を否定するよりほかしかたがないという考え方を、完全に、論破してしまったように思っているのである。

人類の大半が人生をこう理解してきたし、現に理解しているということも、偉大な賢者たちが人生をやはりおなじように理解していたという事実も、また、それ以外に人生を理解しようがないということも、こうした人たちをちっとも困らせはしないのだ。この人たちは、人生問題のいっさいが、よしんばじゅうぶん満足のいく方法では解決されぬとしても、だいたいのところは、電話とか、オペレッタとか、細菌学とか、電灯とか、爆薬とかいったようなものでかたづけられると信じているから、個人の生活の幸福を否定するという考えなどは、古い野蛮な時代から尾をひいているただの無知のなごりだぐらいにしか、思わないのである。

しかも、こうした不幸な人たちは、おそろしく粗野なインド人——涅槃にはいるため個人の幸福を否定すると称して、なん年も、片足で立っているインド人のほうが、世界じゅうを鉄道でとびまわったり、電灯の光のもとで畜生同然のなさけない有様をさらけだしたりしている、自分たち、現代ヨーロッパ社会の野獣化した人々よりも、はるかに真実に生きている人間だということに、気がつきもしないのである。このインド人は個人的な生活と理性的な生活とが矛盾することを理解して、自分の力で、及ぶかぎりその矛盾を解決しようと努力している。ところが、現代の文明世界の人々は、この矛盾を理解しないばかりか、そうした矛盾のあるということさえ信じようとしないのだ。人生が人間の個人的な生存ではないという考えは、人類の数千年にわたる精神的な努力の結晶である。この考えは、人間（動物的でない）にとって、精神の分野でもって、地球の回転や、引力の法則とおなじような真理、いや、それよりももっと疑う余地のない力強い真理になっているのである。ものをちゃんと考えられる人なら、だれでも、学者だろうが、教育のないものだろうが、老人だろうが、子どもだろうが、みんなそれを知っている。この真理を認めないのは、アフリカやオーストラリヤの奥に住むきわめて野蛮な人々か、ヨーロッパの都会や首府でなに不自由なく暮らしながら、むかしの野蛮に先祖がえりしてしまったような人々だけなのだ。この真理は、いまでは、人類の財産となっている。人類がもし機械学とか、代数学とか、天文学とかいった第二義的な知識の分野であともどりしていないならば、なおさらのこと、人生の定義という第一義的な根本知識の面でもって、あともどりするはずがない。人類が数千年の生活で体験してきた事実――個人的な生活が空虚で、無意味で、不幸だという事実を、人が忘れたり、意識からすっかりぬぐいさってしまったりすることは不可能である。現代ヨーロッパ社会の、いわゆる科学が力をそそいでいる試み、つまり、人生を個人的な生存とみる、時代おくれの古めかしい人生観を復活しようという試みも、けっきょく、こういった人類の理性の意識の発達という事実――子どものころの着物の身たけにあわなくなるまで、すでに人類が成長したという事実を、人の目に、かえって、はっきりと示すものでしかない。それに、また、厭世《えんせい》哲学の流行や、恐ろしい比率でふえていく自殺者の数は、人類がむかしとおりぬけてきた低い生活意識にもうもどろうとしてももどれない事実を、明らかに証明しているのである。

個人的な生存としての人生は、人類にとって、すでに意味が失われて、いまさら、そこにもどるわけにはいかないのだ。人間の個人的な生存が無意味なのを忘れるわけにはいかないのだ。たとえわれわれがなにを書こうと、なにをいおうと、なにを見いだそうと、また、自分の生活をどんなふうにして改善しようと、それでも、個人的な幸福の可能性を否定することだけは、現代のいっさいの理性的な人間にとって、動かしようのない真理となっているのである。

「が、それでも、地球はまわる！」問題はガリレオや、コペルニクスの定義をくつがえしたり、新しいプトロメイの環を考えだしたり（そんなものを考えだすことはもうできない）することにあるのではなく、なおも先へ進んで、すでに人類の共通の意識となっているそうした定義から、さらに進んだ結論をひきだしていくことにあるのだ。バラモン教徒や、仏陀《ぶつだ》や、老子や、ソロモンや、ストア派や、そのほか人類の生んだすべての真の思想家が語った、個人的な幸福は不可能だという思想についても、やはり、これとおなじことがいえる。自分の目からそうした人生の定義をかくそうとしたり、あらゆる手段をろうして避けようとしたりせず、もっと大胆にはっきりとそれを認めて、そこからさらに進んだ結論をひきだしていかなければならないのである。

二二　愛の感情は理性の意識にしたがう自我の活動のあらわれである

個人的な目的のために生活することなど、理性的な人間にはできない。それができないのは、いくらそうしたくても、道がすっかりふさがれているからだ。つまり、人間の動物的な自我のひかれる目的が、ことごとく、実現されようのないものばかりだからだ。そこで、理性の意識は別な目的をしめす。それは人の理性的な意識をじゅうぶんに満足させるばかりか、どうしても実現されずにはいないような目的なのだ。しかし、現代のまちがった教えの影響を受けている人間には、最初、この目的が自分自身と矛盾するように思われるのである。

現代の社会にそだった人間——病的に発達しふくれあがった動物的な欲望にとらわれている人間が、理性的な自我のうちにいくら自分自身を認めようとしてみたところで、こうした自我のうちに、いつも動物的な自我のうちで感じているような気持——生命にひかれる気持を感じはしないだろう。そして、絶望してこんなふうに考える。「理性的な自我ときたら、ただ生活を高みから観察しているだけで、いっこう生きのいいところもなければ、生命にひかれるふうなところもない。理性的な自我には生命にたいする欲求がなく、動物的な自我には、欲求はあっても、その実現の見込みがなくて、そこから生まれるのは苦痛だけだとすれば、残された道はただ一つ――この人生からのがれることだけだ」

こうした問題を、現代の否定的な哲学者（ショウペンハウエルやハルトマン）は、きわめて不誠実に解決している。つまり、人生を否定しながら、そこからのがれでる機会をつかもうとせず、あいかわらず、人生にとどまっているのだ。それに反して、人生を悪《あく》以外のなにものでもないと考えたすえ、この世から逃れでた自殺者たちは、こういった問題を誠実に解決しているといえよう。この人たちには、現代の人間生活の不合理からぬけだす唯一の方法が自殺だとしか、思えなかったのだ。

厭世哲学者や、たいていの自殺者の考え方をたどってみると、つぎのようなことになろう。「おれの感じる動物的な自我――この自我は生命につよくひきつけられる。ところが、生命にひかれてやまないこの自我の要求はけっして満たされることがないのだ。おれの感じるもう一つの自我――理性的な自我には、この生命にたいする欲求がない。ただまちがった生命のよろこびとか、動物的な自我のはげしい欲望とかいったものをひややかに観察して、あたまから否定するだけだ。

第一の自我に身をゆだねれば、おれは、破滅にむかう道を一歩一歩たどりながら、なんの意味もなく生きていくうちに、ますます深くそうした救いのない泥沼に自分が沈みこんでいくのを、見るだけだろう。第二の自我――理性的な自我に身をゆだねれば、おれのうちに、生命にひかれる気持などあとかたもなく消えうせるだろう。自分の幸福のために生きるのは不合理で無意味だとおれは知っているのだから、いくらおれがそのためだけに生きたいと思っても、そうするわけにはいかない。理性の意識のために生きることもできないことはなかろうが、そんなにまでする理由もないし、その気にもなれない。おれの生まれでた根源――神につかえたら？　だが、そんな必要もなさそうだ。たとえ神があるとしても、神には、おれのほかにだって、まだまだつかえ手は見つかるだろう。じゃ、いったいおれはなんのために生きようというのか？　退屈しないうちは、こうした人生の演出する愚劣な芝居の数々を見ているのもよかろう。が、退屈したら……退場するまでだ、自殺するまでだ。おれもそうすることにしよう」

ここに述べられているのは、まったく、ソロモンや仏陀以前の人類がいだいていたような矛盾だらけの人生観にすぎない。しかも、現代のえせ教師たちは人類をそんなところまでつれもどそうとしているのである。

こうして、自我の要求は不合理の極点にまで達してしまったのだ。目ざめた理性はそれを否定する。ところが、自我の要求が恐ろしくふくれあがって、人の意識をおおいつくしてしまっているから、まるで理性が人生をすっかり否定してしまったように、人は思うのである。だから、もし理性の否定しているものをなにもかも意識のうちからすてさったなら、あとにはなにも残らないような気がするのである。そこに残されているものを人は見ようともしないのだ。残されたもののうちにこそ人生があるのに、残されたものは無だと思いこんでしまうのである。

しかし、「光は闇のうちに輝く。闇は光をおおいつくせはしないのだ」（ヨハネによる福音書一章五節）

真の教えは、こうしたジレンマ——無意味な生存か、その否定かというジレンマを知って、この問題を解決しているのである。

幸福を説く教えといつもよばれていたこの教え——真実の教えは、動物的な自我のもとめる偽りの幸福のかわりに、いつか、どこかで手に入れられるというようなあてにならない幸福ではなくて、いつだって、いますぐにだって、その場で人が手に入れられて、だれからも奪われたりしない実際の幸福があると、人々に教えたのだ。

この幸福は、頭で考えられたただの理屈だけのものでもなければ、どこかでさがしださねばならぬようなものでもなく、また、いつかどこかで手にいれられると約束されたようなものでもない。堕落しない人の心なら、みな、まともにそちらへひかれずにはいないような幸福、だれの胸にも覚えのあるようなこのうえもなくなじみの深い感じのする幸福である。

すべての人は、西も東もわからないような子どもの時分から、人生には、動物的な自我の幸福のほかに、もう一つ、それよりももっとすばらしい幸福があるのを知っている。動物的な自我の求める欲望の満足とはなんの関係もないばかりか、むしろ、動物的な自我の幸福を否定すればするほど、ますます大きくなっていくような幸福があるのを知っている。

人生のあらゆる矛盾を解決して、人間に最大の幸福を与えるこうした感情を、知らない人はいないのだ。この感情が愛である。

いまさら、ことあらためていうまでもなかろうが、人生とは理性の法則にしたがう人間の動物的な自我の活動である。理性とは人間の動物的な自我が、その幸福のために、したがわなければならない法則である。そして、愛とはこの人間が生まれながらにしておこなう唯一の理性的な活動なのである。

動物的な自我というものは、とかく、一身の幸福にひかれがちなものだから、そこで、理性が個人的な幸福は偽りのものだと人に教えたうえ、さらに、一つの道をとっておいたというわけだ。つまり、人の胸のうちの愛の感情の発露こそ、そのまま、理性のしめす真の幸福にまっすぐにつうじるひとすじの道なのである。

人の動物的な自我は幸福を要求するが、理性の意識はたがいに争ういっさいの存在の不幸を説き、動物的な自我の幸福など実現しようがないと教えたうえで、人にゆるされる唯一の幸福は、他人との争いも、幸福の中断も、倦怠《けんたい》も、死の幻想や恐怖もないようなものでなければならないと教えている。

こうして、人は、この真の幸福という錠まえにだけぴったりあう鍵《かぎ》とでもいったふうな感情——理性のしめしてくれたこの幸福をもたらさずにはいない愛の感情を、自分の心のうちに、見いだすことになるのである。そして、この感情は、とき放されるが早いか、たちまち、これまでの人生の矛盾を解決する。それは、ちょうど、愛の感情がそうした矛盾のただなかにあらわれよう、あらわれようと、たえずその機会を待ちかまえてでもいるのかと、思わせるほどである。

人間の動物的な自我は、まったく利己的な目的しかもたず、自分を失うまい、そこなうまいとするのに、愛の感情は、人を導いて、自分自身の存在まで惜しみなく、他人のために投げださせる。

動物的な自我は矛盾に苦しまずにはいない。こうした苦痛を少なくしていくことが愛の活動のおもな目的となっているのだ。動物的な自我は幸福を求めようとあがきながら、つく息ひく息のそのたびに、ただ考えただけでも人のいっさいの幸福を破壊してしまうような最大の不幸――死にむかって進んでいくほかはないが、愛の感情はこの恐怖をふきとばしてしまうどころか、人を導いて、肉体にささえられた自分自身の存在まで、他人の幸福のために、よろこんで犠牲にささげさせるのである。

二三　愛の感情も、人生の意味を理解しない人には、じゅうぶんに発揮できない

人はみな、愛の感情のうちには、人生のいっさいの矛盾を解決し、真の幸福――それがなければ人生も無意味になってしまうような幸福を人に与える、なにかしら、特別な力があるのを、知っている。
「しかし、この感情はまれにしかあらわれないし、あらわれても長続きがしないから、そのあとでは、いっそうたちの悪い苦痛によく悩まされるものだ」と人生を理解しない人たちはこんなことをいう。

理性的な人だったら、愛は生命の唯一の正しいあらわれだと考えるところだけれど、こうした人たちの考えによると、愛は人生に起こるさまざまな無数の偶然の一つ――人が生きているかぎり感じないではいないさまざまな無数の気分の一つにすぎないのだ。つまり、人間なんだから、ときには、しゃれこんでみたくもなろう、学問や芸術に心ひかれることもあろう、勤めとか、名誉心とか、金もうけとかいったものに夢中になることだってあろう、また、だれかを愛することだっておおいにあろうじゃないか、というのである。愛という気分が、人生を理解しない人たちには、人生の本質ではなくて、偶然ふっと起きるだ

けのただの気分——生きていくうちに人の感じるほかのいっさいの気分とおなじことで、自分の意志とはなんのかかわりもなく、ふいにおしよせてくる気分のように、思われるのだ。そればかりか、愛は、人生の正しい流れをかきみだす、なんともいえぬ悩ましい異常な気分だなどという意見さえ、われわれは読んだり、聞いたりする始末である。太陽ののぼるとき、ちょうどこういったようなとまどいをフクロウが感じるに違いない。

しかし、実は、こうした人たちにしても、この愛という状態のうちに、ほかのいっさいの気分とくらべてみて、なにかずっと重要な特別なものがあるのを、感じているのだ。それなのに、こうした人たちは、人生を理解しないために、愛も理解することができないで、愛という状態が、いっさいのほかの状態とおなじように、やはり、むなしい不幸なものだなどと、思っているのである。

愛するって？……だが、だれを？
つかのまのことだとすれば、むなしすぎる。
けれど、永久に愛することもできかねる……

この言葉は人生を理解しない現代の人たちの混乱した意識をよくあらわしている。愛のうちに不幸な人生の救い、なにか真の幸福に似たものを認めながらも、その愛が——ただ一つの頼みのつながなんの救いにもならないと感じているのである。「だれも愛する人がいなければ、胸のうちの愛もすべてむなしく過ぎさるほかはない。愛が幸福を約束するのは、ただだれかを愛するとき、永久に愛することができるときだけだ。だが、そうしたものがないとすれば、愛に救いもないわけで、ほかのいっさいのものどうよう、愛だって、やはり、欺瞞《ぎまん》にすぎないし、苦痛にすぎない」とこうした人たちはいうのである。

愛をこんなふうに理解する、いや、こんなふうにしか理解できないというのは、この人たちが人生は動物的な生存だなどと教えられたり、教えたりして、そんな考えからすっぱりとぬけきれないでいるからだ。

こうした人たちの考える愛は、こまったことに、われわれがみんないつとはなく愛という言葉と知らず知らず結びつけて考えてきた観念に、しっくりはまるようなものではなくなっている。愛は、愛するものにも愛されるものにも幸福をもたらすような、美しい活動ではなくなったらしい。こういった人たち――動物的な自我の幸福を人生の目的とみなしている人たちのきまって考える愛というのは、たとえば、つぎのようなものでしかないわけなのだ。つまり、自分の赤ん坊かわいさに、夜のめもおちおち眠れないばかりか、他人の飢えた赤ん坊のところからその母親の乳をうばいまでして、育てようとする母親の感情、自分の子どもに食べさせたい一心で、飢えた人から最後のパンのひときれを奪わずにいられない父親の感情、また、ひとりの女を愛して誘惑した男が、その愛のために、自分も苦しみ、あいても苦しませ、ついには、嫉妬《しっと》がこうじて、自分も女もともに亡ぼしてしまうような感情、いや、それどころか、愛のためにはひとりの女を手ごめにさえしかねないような男の感情、それから、また、ある党派の人々が、その党派の利益のため、派の違う人たちに害を与えるような感情、道楽に人が血みちをあげ、その結果、自分が苦しむだけならまだしも、はたのものまで悲しませたり、苦しませたりするような感情、さらに、また、人々が愛する祖国の悲運をしのべず、ついに、戦場を敵味方の戦死者や負傷者でうずめるような感情――こういったような感情をなにもかも愛だと考えているわけである。

しかし、それればかりではない。動物的な自我の幸福を人生と認めている人たちにとって、愛の活動をこうして実行していくことは、ただ苦痛となるばかりか、ときによると、よく不可能になるくらい、むずかしいことなのである。「愛はああだこうだと論議するような性質のものではない」人生を理解しない人たちはたいていこんなことをいう。「人間だれしも経験してよく知っているとおり、ほかの人にたいする好みとか、偏愛とかいった強い率直な感情には、どうしたって、したがわないわけにはいかないじゃないか。それがほんとうの愛というものなのだ」

愛について論議することはできない。愛についてあれこれ考えたり、論議したりすれば、愛はたちまちしぼんで、なくなってしまうだけだ。人生を理解しない人たちの意見も、たしかに、この点では正しい。しかし、問題はそんなところにあるのではない。だいじなのはつぎのような点である。つまり、愛について論議したり、考えたりしなくてもいいのは、ただ人生を理性によって理解して、個人的な生活の幸福を否定している人たちだけであって、人生を理解せず、動物的な自我の幸福のために生存しているような人たちは、考えないですますわけにはいかないのである。そうした人たちは、自分が愛とよんでいる感情に身をゆだねるまえに、まず考えてみなければならない。よく考えてみないうちは——この解決しにくい問題を解決しないうちは、こうした愛の感情を正しく完全に発揮することなどできないのである。

ところが、実際、人は自分の赤ん坊とか、友人とか、子どもとか、祖国とかいったものを、他人のどの子どもや、妻や、友人や、祖国よりも、いっそう好ましいと感じて、この感情を愛とよんでいるのだ。

しかも、普通、人はこの愛するという言葉のうちに、よいことをするという響きを感じとっている。われわれはみんな愛をそういうふうに理解している。また、そう理解するほか理解のしようがないのだ。わたしの場合を考えてみても、現に、自分の子どもや、妻や、祖国をわたしは愛している。つまり、わたしは他人の子どもや、妻や、祖国の幸福をねがう以上に、自分の子どもや、妻や、祖国の幸福をねがっている。しかし、ただ自分の子どもや、妻や、祖国だけをわたしが愛すなどということはけっしてありはしないし、また、ありえないのだ。けっきょく、人はだれにせよ、みんな、赤ん坊も、妻も、子どもも、祖国も、ほかの人たちのことも、同時に愛しているのだとしか、考えられない。だが、それにもかかわらず、人がその愛するもののためにそれぞれねがう幸福の条件は、たがいにどれも複雑にからまりあい、密接に結びつきあっているから、愛するもののひとりにささげる愛の活動は、すべて、ほかのものにささげようとする愛の活動をさまたげるばかりか、そこなうことにさえなるのである。

ここからいろいろ問題が起こってくる。どういう愛のために、どう行動したらいいか？どういう愛のために、ほかの愛を犠牲にすればいいか？　だれをよけいに愛し、だれをもっとしあわせにしよう——妻か子どもか、妻子か友人か？　妻子や友人にたいする愛を傷つけず、愛する祖国につかえるにはどうしたらいいか？　他人に奉仕するために、どのくらい自分の自我をきりすてて犠牲にすることができるだろう、この点につきまとう問題をどう解決したらいいか？　他人を愛し、他人に奉仕するにあたって、いったいどの程度、自分自身のことで心をわずらわすことがゆるされるものか？　こうしたいっさいの問題は、自分たちの愛とよぶ感情を検討し、たしかめようとしてみたこともない人たちには、いとも簡単に思われようが、その実、簡単どころか、まったく解決しにくい難問題なのである。

むかし、ひとりの律法学者が、ためにするところあって、キリストにやはりこれとおなじ意味の質問、「隣人とはだれのことか？」という質問をだしたことがあった。（ルカによる福音書一〇章二五—三七節参照）実際、こうした問題に答えるのがたやすいなどと思うのは、ただ人間生活の真の条件を忘れている人だけである。

もし人間がわれわれの想像するような神だったとすれば、たしかに、そのときは、ある選ばれた人だけを愛することもできようし、また、ある人をほかの人より好ましいと思うだけの気持が真の愛にもなるだろう。しかし、人は神ではない。それどころか、すべての生物がたがいにあいてを利用して、実際の意味でも、また、譬喩《ひゆ》的な意味でも、食いあって生きるという生存の条件のうちに、投げだされているのだ。理性的な存在である人間はその事実を、いやでも、認めなければならない。さらに、動物的な幸福というものは、なににせよ、ほかのものを傷つけぬかぎり、手に入らないものだということも、さとらなければならないのだ。

すべての人が完全に満ちたりるという未来の黄金時代について、宗教や科学の説く迷信をいくら聞かされたところで、理性的な人だったら、時間的空間的なその生存の法則が、かたときのたえまもない人間どうしのはげしい争いだということを、認めないわけにはいかないのである。

こうした動物的な利害の衝突や闘争がこの世の生活となっているかぎり、人生を理解しない人の想像するように、選ばれた人だけを愛するなどということは、とてもできない相談だ。よし選ばれた人だけをほんとうに愛するにしても、困ったことに、人はただひとりの人間だけ愛してすましているわけにはいかない。人は、みなだれしも、母や、妻や、子どもや、友人や、祖国や、そのほか、よそのいろいろな人たちのことだって愛さないわけにいかないのだ。しかも、愛はただ言葉だけのものでなく（だれもがそう認めているとおり）、他人の幸福のためにささげられる活動なのである。それに、この活動は、人の心のうちのもっとも強い愛の要求から始まって、しだいに弱い要求へうつっていくというふうに、一定の順序をふんでおこなわれたりするようなものではない。愛の要求は、どんなときだろうと、いつもみんないっしょに、なんの順序もなくあらわれるのである。いま、ここに、かろうじてわたしが愛を感じるような飢えた老人がやってきて、愛する子どもたちの夕食に、わたしのとっておいた食物をねだったとしよう。こうしたいまの瞬間感じている弱い愛の要求と、強いけれど当面のものでない愛の要求との矛盾を、わたしはいったいどうやって処理したらいいのだろうか？　この二つの愛の要求をどういう秤《はか》りにかけてはかったらいいのだろうか？

ちょうどこうしたような質問が律法学者によってキリストにだされたのだ。「隣人とはだれのことか？」まったくのところ、だれにどの程度奉仕したらいいのか、どうやってきめよう？　人々か、祖国か？　祖国か、友人か？　友人か、妻か？　妻か、父か？　父か、子どもか？　子どもか、自分か？（必要な場合、いつでも、すぐに他人に奉仕できるようにするためには、こうした問題が解決されていなければならない）

なにしろ、そうしたものはすべて愛の要求であるうえ、どれもたがいにすっかりからまりあっているから、ある要求を満足させると、こんどは、ほかの要求がそのためにどうにも満たせなくなったりするのである。たとえば、かりに、いま、わたしがめぐんでくれといわれた着物を、自分の子どもにいつかは要るようになるからという理由で、こごえているよその子どもに着せてやらずにすませるものなら、ほかの愛の要求にだって、やはり、自分の子どもの将来の幸福ということをたてにとって、したがわなくてもすむわけである。

祖国にたいする愛、選ばれたある特定の職業にたいする愛、いっさいの人にたいする愛、こうした愛と愛との関係にしても、これとまったく同じことだ。しかし、たとえ人が、こんなふうに、将来の大きな愛の要求のためなら、現在の小さな愛の要求などこばめるものとしても、将来の要求に名をかりて、いったいどこまで現在の要求をこばんだらいいかという問題になると、どんな大胆な人でも、そこで、はたと当惑しないわけにはいくまい。そのため、この問題を解決する力もなしに、勝手に適当な判断をくださなければならぬわけだから、自然、人はいつも自分にとってこころよい愛のあらわれだけを選んで、けっきょく、愛のためどころか、自分の自我の満足のために、行動することになるのである。だから、もし人が将来の大きな愛に名をかりて、現在のごく小さな愛の要求をおさえたほうがよいと、決めたとすれば、とりもなおさず、その人は、自分なり他人なりをあざむいているわけであって、実際は、自分ひとりのほかだれも愛してはいないことになるのである。

将来の愛などというものはない。愛はいまこの現在にしか考えられない活動である。現在いま愛を発揮しない人は、愛をもたない人なのである。

ほんとうの生活をしていない人々の人生観にしたがうかぎり、こうした矛盾や不都合はいつまでも起こるに違いない。かりにもし人が動物で、理性をもたなかったとすれば、人は動物として生存して、人生などということを考えなくてもすんだろうし、また、たしかに、そういう動物的な生存が幸福を約束する正しい生き方になりもしただろう。愛にしてもこれとおなじで、もし人が理性を欠いた動物だったら、自分の愛するもの――たとえば、自分の子狼とか、その群れとかいったものを愛して、それを自覚しないばかりか、ほかの狼がその子や、その群れ、つまり、自分の仲間をやはり愛していることなど、知りもしなかったろう。そして、こういった低い意識程度に身をおくかぎりでは、実際、そういう愛がほんとうの愛となり、生活となるに違いない。

しかし、人間は理性をもった存在で、他人もやはり自分とおなじような愛をもっているのを知っているから、こういった愛の感情が、自然、たがいに衝突しあって、愛の観念とはおよそうらはらの、なにかしら、まるで幸福とは似ても似つかぬようなものを生む結果になるのを、認めないわけにはいかないのだ。

もし人が、普通愛とよばれるこの動物的な不幸な感情を正しいと認めたり、強調したりすることにばかり理性をつかって、それを野方図もなくはびこらせたとしたら、そういった感情は、よくないなどというもおろか、人をなによりも兇悪《きょうあく》なおそろしい動物に立派にしたてあげることだろう（これはとうのむかしに知られている真理である）。そして、福音書にのべてあるとおりのことが起こるだろう。「きみのこころをかがやかす光が闇にかわったら、ほんとうにどんなに暗いことだろう！」（マタイによる福音書六章二三節）もし、人間のうちに、自分と自分の子どもにたいする愛のほかなにもなければ、現在、人間どうしのあいだにおこなわれている悪の九九パーセントまでは、きっと、存在しなかったに違いない。人間どうしのあいだにおこなわれているこの九九パーセントの悪は、人々が讃美《さんび》して愛とよんでいるまちがった感情——動物の生活が人間の生活に似ているのと、おなじ程度に、愛と似ているまちがった感情から起こるのである。

人生を理解しない人々が普通愛とよんでいるのは、けっきょく、自分の個人的な幸福を満たしてくれる条件を、ほかの条件よりも、好ましく感じる気持にすぎない。つまり、人生を理解していない人たちが、自分は妻や子どもや友達を愛しているという場合、ただ、個人的な幸福を増すうえで、妻や子どもや友達が自分の人生には必要だと、いっているにすぎないのである。

こういったただのより好みというような感情と愛との関係は、ちょうど、ただの動物的な生存と人生との関係にひとしい。人生を理解しない人たちにとって、ただの動物的な生存が人生そのもののように見えるのとまったくおなじことで、こういう人たちにしてみれば、個人的な生存のある種の条件をほかの条件よりも好ましいと感じる気持が、ほかならぬ愛だとしか思えないのである。

こうした感情――つまり、ある特定のもの、たとえば、自分の子どもとか、ある種の仕事、いわば、科学とか、芸術とかを好ましいと思うような気持――をわれわれはよく愛と混同するが、しかし、数えたてれば、あれやこれやときりのないこういったより好みというふうな感情は、すべて、目に見え手に触れられる人間の動物的な生活を恐ろしく複雑にするだけのもので、しょせん、愛とよばれるような筋合いのものではない。なぜならば、それは愛のおもなしるしをそなえていないからである。いいかえると、幸福をめざして、ついに、幸福をその手のうちにおさめる活動ではないからである。

このより好みといった感情のあらわれようのはげしさも、けっきょくは、ただ動物的な自我のエネルギーをしめすだけのものでしかない。ある人をほかの人より好むという情熱は、まちがって愛とよばれているけれど、その実、真の愛をそのうえにつぎ木して、はじめて、実を結ばせることができる野生の若木のようなものにすぎないのだ。しかし、ちゃんとしたリンゴの木と違って、野生の果樹が、そのままでは、いつまでたっても実を結ばないし、よし結んだにせよ、あまい実のかわりに、にがい実しかつけないどうりで、こうした好みというような情熱も、ほんとうの愛ではないから、人々に幸福をもたらすどころか、まえにもまして不幸な思いを味わわすだけなのである。したがって、科学とか、芸術とか、祖国にたいする愛着はもちろん、婦人や、子どもや、友人にたいする、普通、美徳とみなされているような愛も、けっきょく、動物的な自我の欲求を満たすある条件を、一時、ほかの条件よりも好ましく思うという感情にすぎないわけだから、そのままでは、この世になによりも大きな不幸をもたらさずにはいないのである。

二四　真の愛は個人的な幸福を否定し、すてさった結果にほかならない

真の愛は、動物的な自我の幸福を否定しすてさったときに、はじめて、可能となる。真の愛の可能性は、動物的な自我の幸福など、自分にとって、ありえないと人が理解したとき、はじめて、そこにあらわれるのだ。そのときこそ、動物的な自我という野生の若木の幹につぎ木されて、そのたくましい力をすいあげながら、おいしげる真実の愛のつややかな美しい枝に、人間の生命の樹液は、いささかのよどみもなく、ひたひたと流れかようのである。愛のつぎ木——これこそ、実に、ほかならぬキリストの教えだったのだ。自分と自分の愛はたわわにみのる一本のブドウの木だ、実を結ばぬ枝はことごとく切りはらわれるだろうと、こうキリストはいっている。（ヨハネによる福音書一五章一—一一節）

「自分のいのちをひたすら守ろうとするものはそれを失い、わたしのために自分のいのちを失うものは、かえって、それをまっとうしよう」（マタイによる福音書一〇章三九節）このキリストの言葉をただ頭で理解しただけでなく、心の底から実感として認識した人——自分のいのちをいとおしむものはそれを亡ぼし、この世の自分のいのちをいとうものは、かえって、それを永遠の生命のうちに生かすということをさとった人、ただそういう人だけが真の愛を認識するわけだ。

「わたしよりも父とか母を愛するようなものは、わたしにふさわぬ人だ。わたしよりも息子とか娘を愛するようなものも、やはり、わたしにふさわぬ人だ。きみたちが自分を愛しているものをいくら愛したところで、そんなものは愛でもなんでもない。自分の敵を愛さなければならぬ。自分をにくんでいるものを愛さなければならぬ」

人がその自我をすてさるのは、普通考えられているように、父や、息子や、妻や、友人や、親切でやさしい人たちによせる愛の結果ではなくて、ただ自己中心の生き方のむなしさと、自分ひとりの幸福の不可能とを認識したその結果にほかならない。だから、人は、自己中心の生活を否定した結果、真の愛を認識し、父や息子や妻や子どもや友達を、はじめて、ほんとうに愛することができるようになるのである。

愛とは、自分よりも——自分の動物的な自我よりも、他人をすぐれたものとして認める心である。

自己犠牲の域にまで達しない、いわゆる愛の場合だと、自分の心にかける先々の目的をとげるために、やはり自分のかかわりあっている目のまえの出来事を無視してしまうなどということが起こりがちなもので、これなどは、個人的な幸福のために、あるものをほかのものよりも重く見るという、ただのより好みの感情にすぎないわけだ。真の愛は、行為として形にあらわれないときも、たえず存在するふだんの状態でなければならない。愛の根本、根源は、一般に想像されているように、理性をくもらす感情のはげしい爆発などではなくて、子どもや、理性にめぐまれた人たちによく見うけられるような状態——なににもまして理性的で、すみきっていて、したがって、静かでおちついている喜ばしい状態なのである。

この状態はあらゆる人によせられる好感、敬意といったもので、子どもには生まれながらにそなわっているけれど、大人の場合は、自我の幸福を否定し、すてさることによってはじめてあらわれ、その否定の度あいにつれて強まっていく状態である。よくわれわれは「どっちでもいい、なにもいらない」などという言葉を耳にするものだが、こうした言葉についてまわるのが、決まって、他人によせる愛のこころなどみじんも見られぬひややかな態度なのだ。しかし、せめて一度でもいい、だれしも、他人にたいして悪意をもった瞬間、誠実に心から、「どちらでもいいのだから、なにもいらない」と自分自身にいわせてみるがいい。ほんのわずかのあいだでもいい、なに一つ自分のためには望まぬようにしてみるがいい。その自己否定の誠実さに比例して、いっさいの悪意がどれほどはやくあとかたもなく消えさるものか、いままでとざされていたすべての人々にたいする善意が、奔流のように、胸の底からどれほどはげしくほとばしりでるものか、こうした簡単な内部の実験によって、どんな人でもすぐさまさとることができるだろう。

実際、愛は自分自身よりも他人をすぐれたものとして認める心である。なにしろ、われわれはみなだれにしたって、愛というものをそう理解しているのだし、また、そうとしかどうにも理解のしようがないわけなのだ。いってみれば、愛の大きさは分数の大きさのようなものなのである。この分数の分子となるのは、他人にたいする愛とか、共感とかいった感情で、自分の思うままにはなかなかならないもの、分母は自分自身にたいする愛で、これは自分の動物的な自我を見るその見方しだいで、いくらでも、大きくしたり、小さくしたりすることのできるものだ。ところが、愛や愛の段階について、われわれ現代人のくだしがちな判断ときたら、まるでもう、分子ばかりを標準にして、分母のことを考えない分数計算のようなものである。

真の愛というのはそんなものではないはずだ。それは、個人的な幸福の否定と、そこから芽ばえた他人によせる善意のうえに、かならず、なりたっているものだ。身うちであれ、他人であれ、ある特定の人々によせる愛も、このひろい大きな善意のうえに根ざしたとき、はじめて、ほんとうにのびのびと成長することができる。そして、こうした愛だけが人生に真の幸福をもたらして、動物的な自我と理性の意識との見せかけの矛盾などきれいさっぱり吹きとばしてしまうのである。

ところが、反対に、自我の否定に根ざさぬ愛、そのため、すべての人によせる善意などもちあわせていない愛になると、それはもうただの動物的な生存とえらぶところがない。いや、それどころか、こんなまやかしものの愛など知らない動物の生活よりも、はるかに愚劣な、いっそうわざわいにみちた生活をつくりあげる役にしかたたない。よく愛と混同されるこの偏愛という感情は、もとより、生存競争をなくしたり、享楽にたいする執着や、死の恐怖から自我を解放したりするどころか、いやがうえにも生存競争をはげしくし、享楽にたいする人の渇望をつのらせ、死をまえにした人間の恐怖を強めて、人生をますます暗いものにするばかりなのである。

自分の人生を動物的な自我の生活として考えるような人には、愛するということができない。なぜなら、愛は、そういう人にとって、自分の生活とまっこうから対立するような活動としか見えないに違いないからだ。こういった人の生活はただ動物的な生存の幸福だけにかかっているが、愛は、なによりもさきに、そんな幸福など犠牲にすることを要求しているわけなのである。人生を理解しない人が、たとえ愛の活動にいくらほんきで身をささげようと思ったにしても、人生を理解しない限り、人生にたいするその態度をすっかり変えてしまわないかぎり、そんなことはとてもできはしないだろう。自分の人生が動物的な自我の幸福だけにかかっていると考えているような人は、富を手に入れ、それをたくわえ、動物的な幸福をみたす手段をますことにひたすら力をそそぎながら、一生涯、自分に都合のいいように他人を利用したり、ふみつけにしたり、そうかと思うと、自分の幸福のためどうしてもなくてはならぬ人たちには、こうしてどうやら手に入れたその人生の幸福を分けあたえたりして、暮らすわけだが、しかし、自分の生活が、自分自身の力によらず、他人の力でささえられているようなとき、そんな幸福をひとに分かつなどということが、いったい、できるものだろうか？　いや、それどころか、なによりもまず、こうしてどうやらたくわえた幸福を、自分のすきな人たちのうち、だれにわけてやればいいものか、だれに奉仕すればいいものか、ちょっと、決めるにも決めようがないはずだ。

自分の人生によってひとをうるおすためには、第一に、自分ひとりの幸福のため他人からうばいとっている余分なものを、いっさい、すててしまわなければならないのだ。そのうえで、もっとむずかしいこと——自分の生命をかたむけつくして、この多くの人々のうち、いったい、だれに奉仕したらいいのかという問題を解決しなければならないのだ。ほんとうに愛することができるようになるには、つまり、自分というものを犠牲にして幸福を実現できるようになるには、まずそのまえに、憎むことをやめなければならないのである。つまり、不幸のもとをたってしまうのだ。自分ひとりの幸福のために、ある人たちだけをとくに愛するというふうなより好みは、やめにしなければならないのである。

個人的な生活のうちに幸福を認めない人、したがって、こうした偽りの幸福にとらわれないで、人間ほんらいの感情——他人にたいする善意に生きる人だけが、どんな場合にも、自分も他人もひとしく満足させるほんとうの愛を発揮することができるのだ。こういった人の生活の幸福というものは、ただもう愛にかかっている。ちょうど植物の幸福がひたすら光にかかっているのとおなじことだ。だから、なにものにもさえぎられることのない植物が、どっちにのびればいいかとか、光はよいものかとか、もっと別のいい光を待ってみたらとか、これっぱかりも思いもせず、この世界を照らすただ一つの光をうけて、どこまでもそのほうへのびていこう、いこうとするように、自分ひとりの幸福などまるきりすててかえりみない人も、また、他人からうばいとったものを自分の愛する人たちにどう分けてやろうかとか、現にいま要求を感じている愛よりかもっとよい愛がなにかないものかなどと考えたりせず、ひたすら、自分自身を——自分という存在を、その目のまえの手のとどくところにある愛にささげるのである。ただこういった愛だけがもともと理性にめぐまれている人間を、完全に、満足させるものなのである。

二五　愛は真実の生命に満ちあふれたたった一つの活動である

自分の生命を友人のためにささげて悔いないような愛――こういった愛のほかに、愛はない。愛は、こうしてそれが自己犠牲として発揮されてこそ、ほんとうの愛といえるのである。人がただ自分の時間や、自分の力を他人にかすばかりでなく、愛するもののために自分のからだをすりへらし、自分のいのちをささげるとき、はじめて、われわれはそれを愛とよんで、そういった愛のうちにだけ幸福、いわば、愛の与える報酬を見いだすのだ。そして、こうした愛が人々のうちにあるからこそ、この世はなりたっていくのである。赤ん坊をやしなうのに、母親は自分自身を――自分のからだをそのまま子どもに、日々のかてとして、与えているではないか。それがなければ子どもは生きていけないのだ。つまり、これが愛なのである。また、ほかの人たちの幸福のために、働けるだけ働いて自分の肉体をすりへらして、死をはやめているすべての労働者も、やはり、おなじように、自分のからだを他人の日々のかてとしてささげているのだといえよう。ほんとうにこうした愛に生きることができるのは、愛するもののために、ためらわず自分というものを犠牲にできる人間だけである。赤ん坊を乳母にまかせきりにしてしまうような母親に、その子が愛せるわけがない。金をにぎったらはなさないというような人に、他人が愛せるわけがない。

「光のうちにいるといいながら、その兄弟を憎むものは、いまなお、闇のうちにいるのである。その兄弟を愛するものは、光のうちにいるのであって、つまずくことはない。兄弟を憎むものは、闇のうちにいて、闇のうちを歩くのであって、自分ではどこへ行くのかわからないのだ。闇がその目を見えなくしてしまったからである。（ヨハネの第一の手紙二章九—一一節）……われわれは言葉や口さきだけで愛するのではなく、おこないと真実とでもって愛しあおうではないか。それによって、われわれは自分たちが真理からでたものだということを知って、心のやすらぎをえるだろう。（ヨハネの第一の手紙三章一八—一九節）……われわれが裁きの日に確信をもってのぞめるほど、愛はわれわれのうちで完全なものとなっている。というのも、われわれがこの世にあって主の神のようにふるまうからである。愛には恐れはない。完全な愛は恐れをとりのぞく。なぜなら恐れには苦痛、苛責がともなうものだからである。恐れるものは、つまり、中途半端な愛しかもっていないことになる」（ヨハネの第一の手紙四章一七—一八節）

ここに述べられているようなこうした愛だけが、人々に真の生命を与えるものなのである。

「心をつくし、魂をかたむけ、理知のすべてをあげて、主の神を愛せよ。——これがいちばんたいせつな第一の戒めである」

「第二の戒めもこれとおなじことだ。——自分自身を愛するように、自分の隣人を愛せよ」（マタイによる福音書二二章三七—三九節）

この律法の戒めの言葉を、ある律法学者が、キリストにむかってくりかえした。これにたいして、イエスはこう答えたのだ。「きみの答は正しい。そのとおりにおこなうがいい」つまり、神と隣人を愛せよというわけだ。「そうすれば、きみはいのちがえられよう」(カルによる福音書一〇章二七―二八節)

真の愛は生命そのものなのである。

「われわれは、自分たちが死から生命へ移ってきたのを、知っている。それというのも、われわれが兄弟を愛しているからである」とキリストの弟子はいっている。「兄弟を愛さぬものは、死のうちにとどまっているものだ」(ヨハネの第一の手紙三章一四節)

ただ愛するものだけが生きるのである。

キリストの教えによれば、愛は生命そのものである。苦しみに満ちた不合理な亡びゆく生命ではなくて、祝福された永遠の生命なのである。しかも、われわれはみなこのことを知っているのだ。愛は理性のくだす結論でもなければ、なにか一定の活動の結果でもない。八方からわれわれをおしつつんでいる生命の喜びにみちた活動である。われわれは、だれしも、みな、ようやくものごころついた小さなころから、この世のまちがった教えのおかげで魂をにごらされて、とどのつまり、そうした愛の感情を経験することもできなくされてしまうまでは、こういった活動を、自分の心のうちでもって、よく知っていたのである。

真の愛――これは選ばれた人、または、対象にむけられる愛のように、人間の個人的な幸福をほんの一時だけますようなものにたいする執着ではなくて、ただひたすら自分以外のものの幸福にひかれる気持、動物的な自我の幸福を否定してしまったそのあとで、人間のうちに、残る気持なのである。

こうした祝福された感情を、この世に生きている人で、一度でも味わわなかったものがあろうか！　真実の生命をおしつぶしてしまうさまざまな偽りに、われわれの魂がまだくもらされていなかったほんのいたいけな子どものころには、実になじみのふかかった感情だったのではなかろうか！　この祝福された感情に動かされると、人はすべてのもの——その隣人も、父も、母も、兄弟も、悪人も、敵も、犬や、馬や、草までも愛したくなって、ただもうすべてのものがしあわせになればいい、いい目を見ればいいと、それだけを望むようになるばかりか、さらに進んで、すべてのものをこの自分の力で幸福にしてやろう、すべてのもののいつもかわらぬ喜びやしあわせのために、自分自身を——自分の生命をささげつくそうと思うようになるのだ。これが、いや、ただこれだけが人間の生命のこもった真実の愛なのである。

ほんとうの生命がこもっているという点で、かけがえのないこの愛は、まちがって愛とよばれているさまざまな動物的な欲望——真の愛に似ているけれど、野生のままのあらあらしい雑草の芽ばえにまじって、人の心のうちに、わずかにそれと目につくくらい、ほのかに芽ぶくものなのである。はじめは、だれの目にも、その芽ばえは（ゆくゆくは鳥のすむほど立派な大木にもなるだろうに)、ほかのいろいろな雑草の芽と、なんの変りもないものに見える。いや、それどころか、はじめのうち、ぐんぐんと勢いよくのびていく雑草の芽ばえのほうに、かえって、人は心をひかれたりするものだ。たった一つの生命の芽ばえも、そんなことから、とかく、いじけて枯れてしまう。しかし、よくあることで、それよりももっと悪いことは、人々がこうした芽ばえのうちに、ただ一つ、愛とよばれるかけがえのない真の生命の芽があると聞いて、まちがってただの雑草の芽ばえを、ほんもののかわりに、後生大事に育てはじめ、肝心のほんものの愛の芽をむざんに踏みにじってしまうことである。いや、もっともっと悪いことは、人々があらあらしい手でその芽をつかんで、「これだ、これだ、見つけたぞ! もうわかった、育てようじゃないか! 愛だ、愛だ! これこそ最高の感情だ!」と夢中になって叫んで、その芽を植えかえたり、ため直したり、つかんだり、にぎりしめたりして、さんざいじりまわしたあげくのはて、花も咲かせずに、枯らしてしまうことだ。枯らしておいてから、「こんなことは、なにもかも、ばかげたことだ、くだらんことだ、センチメンタリズムだ!」などと、そういった人たちや、ほかの人たちがいいだすことだ。愛の芽ばえも、はじめ芽をふいたばかりのときには、まだやわらかく、ちょっとさわられても傷つくくらいで、やはり、ある程度しっかりと成長してからでなければ、強いものにはならないのである。だから、そんなときに、へたに人が手をくわえたりすれば、いい結果を生むわけがない。愛の芽ばえの成長に必要なのはただ一つ——理性という太陽の光がさえぎられたりせぬように、手をかしてやることだけである。

二六　よりよい生活をのぞんで、不可能を求める人間のむなしい努力が、たった一つきりの真実の生活を、実現するさまたげになっている

動物的な生存のはかなさとまやかしとを知ることが、そして、愛というたった一つの真の生命を自分のうちにときはなすことが、それだけが、人にほんとうの幸福を与えるのだ。ところが、この幸福を手に入れようとして、いったい、人はどんなことをしているだろう？　いわゆる生きるということは、この自分の肉体をしだいしだいに消耗させ、いやおうなく死んでいくことにほかならないのをよく知っているはずの人々が、生きているあいだじゅう、手をかえ品をかえ、一生懸命になってしていることといったら、この亡んでしまう自分の身をひたすらまもり、そのさまざまな欲望を満足させ、それによって、人生のたった一つの幸福——愛に生きる可能性をわざわざなくすことばかりといった始末なのだ。

人生を理解しないこうした人々の活動は、それこそもう一生涯、自分の身をまもるための闘争に、さまざまな快楽の獲得に、苦痛をまぬかれることに、避けようもない死から逃避することにむけられる。

しかし、享楽の度がませば、闘争による緊張や、苦痛を感じとる感覚もそのするどさを

まして、いっそう身近に死が近づくことになるのだ。死の接近を忘れるためには、方法はただ一つしかない。もっと快楽の度をますことだ。しかし、快楽もとことんまで追っていくと、ついには、どうにももう快楽の度の強めようがなくなるばかりか、こんどは、かえって苦痛にかわって、あとには、ただ苦痛を感じとる傷つきやすい神経と、その苦痛のうちにも、一歩一歩、確実に近づいてくる死の恐怖だけが残されるのである。こうして、悪循環が始まる。いっぽうがもういっぽうの原因となると、こんどは、また、いっぽうがもういっぽうを強める働きをするのだ。人生を理解しない人たちのいちばんの恐怖は、まず、普通かれらによって快楽と考えられているもの（裕福な暮らしのもたらすいっさいの享楽）が、すべての人々のあいだに平等に分配できるような性質のものではなくて、愛のみなもとである人々にたいする善意を根こそぎ破壊するような悪、暴力によって、他人からうばいとらねばならぬものだというところに生まれるのである。したがって、享楽は、いつも、愛とはまっこうから対立するものなのであって、享楽の度がませばますほど、そのあいだのひらきも大きくなっていくのだ。だから、快楽を得ようとする活動が強くはげしくなればなるほど、人間にゆるされたただ一つの幸福——愛はますます影がうすくなるばかりなのである。

人生は、普通、理性の意識の見るとおりに理解されているわけではない。つまり、動物的な自我の理性の法則にたいする目には見えないけれど、疑いようのないふだんの従属のいとなみとして、また、人間の生まれつきもっているすべての人にたいする善意と、そこから自然に流れでる愛の活動とを自由にときはなすようないとなみとして、理解されているわけではない。ただすべての人にたいする善意をまるで発揮できなくするような条件――みんなが自分勝手にきめたようなそんな一定の条件のもとで、ある期間続けられる肉体的な生存として、理解されているにすぎないようだ。

こうした世間なみの考えにとらわれて、その理性をもっぱら一定の生活条件をつくりあげることばかりにつかっている人たちは、人生の幸福をますためには、その生活の外部的な条件をもっとうまくととのえればいいと考えたりするのだが、しかし、生活の外部的な条件をととのえるには、他人にできるだけ強い圧迫をくわえなければならないので、しょせん、愛とはまっこうから対立しないわけにはいかなくなる。したがって、生活の条件を具合よくととのえればととのえるほど、愛も、生命も、そこでは、ますます影のうすいものになっていくのである。

こうした人たちは、動物的な自我の幸福などというものが、だれにとっても、しょせんは、ゼロにもひとしいものだという事実をいっこう理解しようとはせず、そのゼロが大きくもなれば小さくもなるような量をそなえているものと想像して、もちぐされになっているせっかくの理性を、ことごとく、このゼロを大きくしよう、ふやそうというむだなほねおりについやしているのである。

こんな人たちには、無、つまり、ゼロをいくらかけあわせても、やっぱり、おなじもとどおりのゼロだということが、わからないのだ。人間の動物的な自我は、どれをとってみても、みんな一様に不幸なので、外部の条件などどんなに変えてみたところで、とても幸福にはなりっこないということが、わからないのである。どんな存在にしても、それが肉体的な存在であるかぎり、ほかのものよりも幸福になどなれはしないのであって、たとえてみれば、湖の水面のどこを見ても、ぜんたいの水位以上に高くなっているところなどないし、また、高くすることなどできないという物理的な法則と、これは、まったくおなじ理屈なのだが、こういった人たちはその事実をまるでもう見ようともしない始末なのだ。理性をゆがめてくもらせてしまった人々は、こういう見やすい事実を見ようとせず、しょせん不可能なこと、つまり、湖のあちこちで水面をもちあげようとするようなこと——よく水浴びしている子どもたちが『ビールつくり』と称して、ばちゃばちゃ水をはねかして、泡をたてて騒いでいるけれど——そういったたぐいのから騒ぎにそのゆがめられた理性をつぎこんで、一生をうやむやにすごしてしまうのである。

かれらにしてみれば、人間の生存は、ともかくも、幸福ですばらしいものみたいに思えるのだ。つまり、貧乏な労働者や病人などに見られるような生存は、かれらにいわせると、もちろん、ふしあわせでかんばしくないものだけれども、金持や健康人の生存はしあわせそのものですばらしいから、そこで、その理性をことごとくかたむけつくして、ふしあわせでかんばしくないもの、まずしかったり、病気にむしばまれたりしているような生存にはそっぽをむいて、すばらしいもの、金があって、健康で、幸福な生存の条件だけをととのえようと、懸命になるわけなのである。

かれらは、いく代にもわたって、こうした幸福な生活をさまざまにととのえ、維持する方法をつくりあげ、こういったもっともよいもの（かれらは自分たちの動物的な生存のことをこうよんでいる）と考えられる生活の設計のしだいを、子孫につたえていく。人々は、自分の両親からそっくり受けついだその幸福な生活を維持しようとできるかぎりの手をうったり、それでなければ、自分の手で新しくもっと幸福な生活をつくりあげようとやっきになったりして、たがいに夢中できそいあう。人々は、こうして親たちからちゃんとととのえられたまま受けついだその生活を維持したり、でなければ、自分がもっとすばらしいと考えるような生活を新しくつくりあげたりしながら、それだけで、もういっぱしなにかしたような気になっているのである。

しかも、こういったまちがった考えを、おたがいどうしで、あおりたてるようなことをしながら、人々は、とどのつまり、自分でもよく無意味だと身にしみて感じるような、ちょうど流れる水に字をかくような、そんなおろかしいはかない仕事のうちにこそ、人生があるなどと、はらの底から信じこむようになるのだ。そのあげく、真理の教えにも、生きている人たちの生活の実例にも、さらにまた、自分自身のゆがめられくもらされたとはい

え、まだすっかり理性と愛の声の消えはててはいない心のうちにも、たえずひびいている
あの真の生活へとよびかける声から、さげすみをこめて顔をそむけるほど、そういったお
ろかしいまちがった考え方になじみきってしまうのである。
まったくおどろいたことではないか！　おそろしくたくさんの人たち――ほんとうなら
理性と愛にあふれた生活をいとなめるはずの人たちが、燃えさかる小屋からひきだされる
羊の群れ――おろかにも、火のなかに投げ込まれるものとばかり思いこんで、助けようと
している人間に、死にものぐるいではむかう羊そっくりのふるまいをしているのである。
こうした人たちは、死を恐れるあまり、かえって、そこからぬけだそうとしたがらない。
苦痛を恐れるあまり、かえって、めちゃめちゃに自分自身を苦しめる。こうして、とどの
つまりが、たった一つきりしかない幸福と生命の可能性を、自分から、すててしまうこと
になるのである。

二七　死の恐怖というのも、けっきょくは、人生の解決されぬ矛盾の意識でしかない

「死はない」と真理の声は人々に説く。「わたしはよみがえりだ、生命だ。わたしを信じるものは、たとえ死んでも、生きるだろう。また、生きていて、わたしを信じるものは、いつまでも死ぬことはないだろう。きみはこれを信じるか？」（ヨハネによる福音書一一章二五―二六節）

死はないと、世界のすべての偉大な教師たちは、口をそろえて、こう説いた。また、人生の意味を理解した数百万の人たちも、やはり、おなじことをいっているばかりか、めいめいの生活でもって、その正しさを証明している。それどころか、ほんとうに生きている人なら、だれしも、その意識のうちにぱっと光のさしこんだ瞬間、魂の奥底でそう感じるのだ。しかし、人生を理解しない人たちは、なんとしても、死を恐れずにはいられない。かれらは死を見るのだ。死を信じるのだ。

「死がないんだって？」こういった人たちは腹をたてて、さもにくさげにこう叫ぶ。「詭《き》弁《べん》だ！　死はすぐ目のまえにあるんだ。死は数しれぬほどの人間を根こそぎになぎはらっていったじゃないか。われわれも、おっつけ、やられるんだ。死はないと、なんべんくり返していってみたところで、やっぱり、死はちゃんと残っている。ほら、そこだ、そこに

あるじゃないか！」

こうして、自分が口にするものをかれらはその目で見るのである。ちょうど神経をいためている人が恐ろしい幻を見て、おびえるようなものだ。神経病患者はその幻にさわってみることはできない。その幻は一度だって病人にふれたことはない。その幻がどうするつもりなのか、病人にはかいもく見当もつかないのだが、しかし、こうした想像の生みだす幻のおかげで、生きる力までなくしてしまうくらい、おびえて苦しむのだ。死の場合もまったくおなじことなのである。人は自分の死というものを知ってはいない、知ることはできない。この自分の身に死は触れたことがない。いったい、死というものに、どういうつもりがあるのやら、ぜんぜんわからない。それなら、なにを恐れることがあろう？

「たしかに、死はまだ一度もこのおれをとらえはしなかったが、いずれは、とらえるにきまっている。なんといったって、それだけはたしかだ。おれをひっとらえて、亡ぼしてしまうんだ。それが恐ろしくてならない！」人生を理解しない人たちはこんなことをいうに違いない。

こうしたまちがった人生観をもっている人たちにしても、もし落ち着いてじっくりと、その人生観の根本にまでさかのぼって、考えたとすれば、あらゆる生物のうちに起こっている変化――死とよばれる変化が、肉体をもった存在であるこの自分にも起こるという事実は、なにも別に、不愉快なことでもなければ、恐ろしいことでもないのだと、結論しないわけにはいかなくなるに違いない。

実際、いずれはわたしも死ぬ。しかし、それがどうして恐ろしいことなのだろう？　どだい、いままでにだって、わたしの肉体のうちには実にさまざまな変化が起こったし、現にいまだって、起こっている。それでも、わたしはそんなものを恐れなかったじゃないか。それなのに、なぜわたしはまだ起こりもしない変化を恐れるのか？　それに、この変化のうちには、わたしの理性や経験に照らしてみて、まるっきり解釈のつかないような不都合で突拍子もないものなどないのである。この変化――つまり、死というものは、動物の死にしても、人間の死にしても、生命のなくてはならぬ条件、それも、多くの場合、実に都合のいい条件だなどと、わたしが、よく空想にふけりながら、いままでに、もうなんべんとなく考えたほど、なじみのある理解しやすい自然な現象なのだ。それなのに、いったいなにが恐ろしいというのだろう？

なにしろ、きっちりとほんとうに論理のとおった人生観というものは、ただ二つしかないのである。一つはまちがった見解で、生まれてから死ぬまでにこの肉体のうちに起こる目に見えるような現象として、人生を理解する考え方、もう一つは真実の正しい見解で、これは、自分自身のうちに感じられる目に見えない意識として、人生を理解する考え方である。いっぽうはまちがっていて、もういっぽうは正しい。しかし、両方とも論理は立派にとおっているから、人はそのどちらをとることだってできるけれど、だが、どっちにしても、けっきょくのところ、死の恐怖などはないということになるのである。

生まれてから死ぬまでに肉体のうちに起こる目に見える現象として、人生を理解することのまちがった見解は、この世とおなじように、古いものである。これは、多くの人たちが考えるように、現代の唯物的な科学や哲学によって、生みだされた人生観ではない。現代の科学や哲学は、ただこの見解をとことんまでおし進めていって、けっきょく、この見解が人間の本性の根本から発する要求にもとるものだということを、まえよりも、いっそうはっきりさせただけなのである。むしろ、この見解は最低の発展段階にとどまっていた人間の原始的古代的な考え方にすぎないといえよう。それは中国人のうちにも、仏教徒のうちにも、ユダヤ人のうちにもおこなわれていたし、ヨブ記の記述や、「ちりの身はちりにかえる」という諺《ことわざ》のうちにも、見いだされる。

この考え方は、現代ふうの表現になおせば、こういうことになろう。生命とは空間と時間とにしばられた物質のうちにひそむエネルギーの偶然のたわむれ――変化である。われわれが意識とよんでいるようなものは、生命でもなんでもなくて、ただの錯覚にすぎない。錯覚にとらわれているので、生命が意識のうちにあるように見えるのだ。意識は、一定の状態のもとで、物質のうちにひらめく火花なのである。この火花は、ぱっと火の手をあげて、燃えさかったかと思うと、やがて、ふたたび下火になって、ついには、まったく消えてしまう。この火花、つまり、物質によって、過去から未来へと無限につづく時の流れのただなかで、ほんの一刹那《いちせつな》、経験される意識というものは、けっきょくのところ、無にひとしいものだ。たしかに、意識がその意識自体とそとにひろがる無限の世界とを見て、それについて判断をくだすばかりか、この世界の偶然のたわむれをことごとく見てとったうえ、さらに、重要なことには、なにか偶然でないものと対立するようなものと考えて、このたわむれをこうして偶然とよぶわけなのだが、それにもかかわらず、意識そのものは、あくまで、死んだ物質によってつくりだされたもので、あらわれたかと思うと、たちまち、なんの意味もなく、あとかたも残さずに消えさってしまうような幻にすぎないのである。なにもかも、すべては、かぎりなく変化していく物質の所産にほかならないのだ。生命とよばれているものにしても、死んだ物質の一定の状態でしか、ないわけである。

こういうのが、人生にたいする一つの見方である。この見解はまったく論理的だ。この見解によると、人間の理性の意識は、物質の一つの状態にともなって、偶然にひょっと生みだされたものにすぎないのだから、したがって、われわれがその意識のうちで生命とよんでいるようなものは、けっきょく、ただの幻なのである。死んだものだけが存在しているのだ。われわれが生命とよんでいるものは、実のところ、死のたわむれにすぎないのだ。こういう人生観にしたがうかぎり、死はいっこう恐ろしいものとはならないばかりか、むしろ、生命のほうが、なにか不自然で不合理なところがあって、恐ろしいというようなことになりかねないのである。仏教徒や、最近の厭世家《えんせい》——ショウペンハウエルとかハルトマンなどに、ちょうどこういったような見解が見られる。

人生にたいするいま一つの見方はこうである。生命とはこのわたしが自分自身のうちに意識しているものにほかならない。それも、過去に存在していたわたしとか、将来のわたしとか（自分の人生を考えるとき、わたしはこんなふうな考え方をするのだが）といったような形でもって、意識するのではなくて、いつどこから始まったともつかなければ、いつどこで終ったともつかない、現在あるがままのわたしとして、いつも、自分の生命を意識するのである。時間とか空間とかいった観念は、わたしの生命の意識とは、関係がない。わたしの生命、人生は、なるほど、時間と空間とのうちにあらわれはするが、しかし、それはただそのあらわれ、現象にすぎないのだ。生命そのものは、わたしによって、時間と空間とを超越したものとして、意識される。したがって、この見解にしたがえば、すべてが逆になる。つまり、幻なのは生命の意識ではなくて、反対に、時間と空間にしばられたものいっさいが幻にすぎないのである。それだから、こうした見解によれば、肉体にしばられたこの生存が空間と時間のうちでたち切られてしまうというようなことは、いっこうなんの現実的な意味もないことなのであって、わたしの真の生命の流れをとめることはもちろん、乱すことさえできないのである。つまり、この見解のうちには、死など存在する余地がないわけである。

この二つの人生観のうち、どれを人がとるにしても、その見解をほんとうにしっかりと自分のものにするならば、死の恐怖は、このとおり、なくなるはずなのだ。

人間が動物だったにせよ、理性をもった存在だったにせよ、死を恐れるような筋合いはまったくないのである。動物は生命の意識をもたないから、死を知ることもないし、また、理性をもった存在は生命の意識をもっているから、動物的なものの死のうちに、けっきょく、物質のやむことのない自然な運動のほかには、なに一つとして見ることができないのだ。なにか人の恐れなければならないものがあるとすれば、それは自分がほんとうに知りもしないような死ではなくて、むしろ、動物的な自我も、理性をそなえた自我も、それだけはともどもいままでに経験してきているこの世にうけた生命だろう。つまり、死の恐怖という形で、人々のうちにあらわれる感情は、実は、人生の内部的な矛盾の意識にほかならないのである。ちょうど、ありもしない幻を恐れるということが、自然、その人の病的な精神状態を語るようなものである。

「おれは存在しなくなるだろう。死んでしまうだろう。おれの生命を形づくっていたものが、いっさい、なくなってしまうのだ」一つの声が人にいう。すると、もう一つの声がこうささやく。「いや、おれは存在している。死ぬことはできない。死ぬわけがない。おれは死んではならないのだ。それなのに、こうしておれは死んでいくではないか」

肉体の死を思うとき人間をわしづかみにする恐怖の原因は、こういったような矛盾のうちにあるのであって、死そのもののうちにあるわけではない。つまり、死の恐怖は、人がその動物的な生存の中絶を恐れるところから、起こるのではないのだ。死んではならないものが——死ぬはずのないものが死んでいくように思われるので、死が恐ろしいものになるのである。死をやがて起こる未来のものとして考えるのは、いまこの瞬間にも働いている死というものを、まともに見ていないからにすぎない。だから、やがて起こる未来の肉体の死を幻にまざまざと見るのも、死についての考えに目ざめたからというのではなくて、むしろ、反対に、生命についての考え——人間がもっていなければならないのに、しっかりと身につけてはいない考えに、目ざめたからなのである。これは、ちょうど、墓のなかにうめられてから生きかえった人間が経験するのと、おなじ感情に違いない。「このとおり、生命がちゃんとあるのに、死のうちにいるとは……これが死でなくってなんだろう！」こういった感じにとらえられるのだ。つまり、現に存在しているし、また、存在しなければならないものが、刻々に亡んでいくように、感じられるのだ。そこで、人間の知恵はみだれ、恐怖におののく。死の恐怖とよくよばれているようなものも、実は、死の恐怖でもなんでもなくて、まちがって理解されている生命の恐怖なのである。そのなによりもよい証拠には、死を恐れるあまり、人はよく自殺さえするではないか。

人が肉体の死という観念をあんなにまで恐れるのは、その生命が死とともに終ると思うからではなくて、肉体の死が、ついにもてずじまいになってしまった真の生命の必要を、はっきりと、人に教えるからなのである。だからこそ、人生を理解しない人たちは、死というものを思いだすのを、あれほどきらうのだ。死について思いだしたりすれば、理性の意識の要求どおり自分が生きていないということを、いやおうなく、思い知らされる羽目になるからである。

いったい、死を恐れる人は、死というものを空虚で暗黒のもののように思って、恐れるわけだけれど、しかし、空虚と暗黒をこうして見るというのも、けっきょくは、生命を見ていないからにほかならないのである。

二八　肉体の死は、たしかに、空間にしばられた肉体と、時間にしばられた意識とを亡ぼしはするが、しかし、生命の根本を形づくっているもの、つまり、個々の生物のこの世界に対する特定の関係は亡ぼすことができない

しかし、生命を見ない人にしたところで、自分たちをおびやかしているその幻にもっと近づいて、それに触れてみさえすれば、しょせん、幻は幻にすぎず、実在のものでないことに気づかないわけにはいかなくなるだろう。

とにかく、どんな場合にせよ、こうして死の恐怖が人々のうちに起こるというのは、人生の根本をなすものと考えられている人間ひとりひとりの独特の自我が、肉体の死とともに、なくなってしまうようで、たまらない気がするからなのだ。「おれが死ねば、肉体はくずれさって、おれの自我はなくなってしまう。この自我——おれの自我は、まったく、もうなん年ものあいだ、おれの肉体のうちに生きてきたのに」こんなふうに感じるからなのである。

人々はこの自分の自我というものを重んじている。そして、この自我は自分たちの肉体の生命と分かちようがないものと考えているから、肉体が亡びれば、自我も、自然、それ

にともなって亡びるものだと、結論しないわけにはいかなくなる。

こういった結論はしごくありふれた平凡なもので、別に疑うまでもないと、だれしも、つい思いがちなものだが、その実、なんの根拠もない考え方にすぎないのである。ところが、唯物論者だと自分で認めているような人たちにしても、精神主義者だと考えている人たちにしても、自我とは、つまり、なん年かのあいだ生きてきた自分の肉体の意識にほかならないという、この考え方にすっかりなれきってしまっているので、そういったふうな断定がほんとうに正しいかどうかたしかめなければという考えさえ、起こそうとしない始末なのだ。

わたしは五十九年のあいだ生きてきた。そのあいだ、ずっと、わたしは自分というものを自分の肉体のうちに意識してきた。この自意識が、わたしには、自分の生命のしるしのように思われたものだった。しかし、これはわたしにそう思われただけのことなのだ。わたしが生きてきたのは、五十九年でもなければ、五万九千年でもなく、また、五十九秒でもない。わたしの肉体も、その生存した期間も、わたしの自我の生命とは、いっこう、なんのかかわりもないのである。もしもわたしが、こうして生きているあいだじゅう、たえず、自分の意識のうちで、自分自身にむかって、「おれは、いったい、なにものだ？」と問い続けるとするならば、きっと、わたしはこう答えるほかないだろう。「なにかしら、考えるもの、感じるもの——つまり、自分というまったく特別な形で、この世界につながっているもの」とこう答えるに違いない。自分の自我としてわたしが意識するのはただこういったものであって、それ以外のなにものでもないのだ。いつどこでわたしが生まれたか、いつどこでいましているようなふうにわたしが考えたり、感じたりし始めたかというようなことについては、わたしは、もう、まるでなにも知らない。わたしの意識がこのわたしにむかって告げることといったら、ただわたしが存在しているということ、わたしが、この世界に現在見られるような関係でつながりながら、存在しているということだけである。自分の生まれたときのことはもちろん、幼年時代のことや青年時代のこと、中年の時期のこと、いや、それどころか、ごく最近のことでさえも、えてして、わたしはなんにも覚えていないことが多いのだ。たとえわたしが自分の過去のことをなにかと思いだしたり、思いださせられたりするとしても、それは、他人について聞いたことを覚えていて思いだすのと、ほとんどなんの変りもないのである。そうだとすれば、いったいどんな根拠があって、わたしは、この自分が、いままで生きてきたそのあいだじゅう、ずっと、いつもおなじこのわたしだった——一つの自我だったなどと、断言したりできるだろう？　だいたいからして、わたしのこの肉体などというものは、まったくのところ、ぜんぜんなにもなかったのだし、現に、ありはしないのだ。つまり、わたしの肉体は、過去も現在も、物質ではない目に見えぬなにものかによって、わずかに、それと認められているだけの、たえずうつり変る物質にすぎないのである。たえまなくつぎつぎにうつり変っている肉体は、この物質ではない目に見えぬなにものかに把握されて、はじめて、自分のもの——自分のからだとして認められるわけなのである。わたしの肉体は、もうなん十たびとなく、完全に入れ変ってしまっている。筋肉も、内臓も、骨も、脳髄も、なにもかも、古いままのものなどないくらい、すっかり変ってしまっている。

こうしてたえず変化している肉体を、ただ一つのもの、自分のものと、わたしが認めているのも、そこに、あの物質とは違ったなにものかの働きがあるからなのだ。この物質とは違ったなにかというのが、われわれのいう意識にほかならないのである。つまり、ただこれだけが肉体というものを、なにからなにまで、ひとまとめにひっくるめて把握して、それを一つのもの——自分のものと認めるわけである。こうして自分をほかのいっさいのものと違ったものと認めるこの意識がなかったならば、わたしは自分の生命のことも、ほかの生命のことも、いっさい、知らなかったに違いない。だから、ちょっと考えると、この意識——いっさいの根本となる意識というものは、永久に変らないもののように、思われるかもしれない。しかし、それはまちがいだ。意識は永久に変らぬものではない。現に、一生のあいだには、眠りという現象がしょっちゅうくり返されているではないか。われわれは、だれしも、毎日のように眠りをとるわけだから、こんな現象はごくごく簡単なとるにもたりないことのように思いがちなものだけれども、しかし、もうすこし考えをすすめて、眠っているあいだには、意識のまったくたちきられてしまうときがあるという、否定しようもない事実をはっきり認めるとするならば、この眠りという現象の不思議さに驚かずにはいられないだろう。

毎日毎日、熟睡しているあいだ意識はまったくなくなって、やがて、そのあとで、また、もどってくる。しかも、そんなときにも、意識が肉体をすっかりひとまとめに把握して、それを自分のものと認める、いちばん根本の役をしているのである。意識がたたれれば、肉体はばらばらになってしまって、ほかのいっさいのものとの区別もあいまいになりそうなものだが、そんなことは、自然な眠りの場合にも、人の手による不自然な眠りの場合にも、ついぞ起こったためしはないのだ。

こうして、肉体を一つのものとして把握している意識は、一定の間をおきながら、たちきられはするものの、それでいて、肉体をばらばらにしてしまうようなことはない。いや、それどころか、この意識というものは、しょっちゅうたちきられてなくなるばかりか、肉体とおなじように、変化さえするのである。十年まえわたしの肉体のうちにあった物質で、いまも残っているものなどないように、つまり、いつもそっくりそのままおなじ肉体があったのではないように、おなじ一つの意識が、むかしもいまも、わたしのうちに存在していたわけではないのだ。三つの子どものころのわたしの意識と、現在のわたしの意識とをくらべてみるがいい。わたしのからだが、三十年まえといまとでは、違うように、やっぱり、変ってきているではないか。意識というものはいつもおなじ一つのものではないのだ。

いくらでもこまかく分けられるもの——しかも、そこに、一貫したところのあるひとつながりのものなのである。

だから、意識は、肉体をすっかりひとまとめにして把握して、それを自分のものと認めはするものの、しっかりとおちついた一つのものではけっしてなくて、なにかきれぎれにつづきながら、変化していくものなのである。人間には、われわれの普通想像するような意識——この自分のもっている一つの意識などというものは、ない。おなじ一つの肉体など、人間には、ないとおなじことだ。人間には、いつもおなじ一つの肉体といったようなものも、他人のどんな肉体からも区別される特別な肉体といったようなものもないばかりか、その意識にしても、ひとりの人間の生きているあいだ、そのままずっと続くおなじ一つの意識というものなどはなくて、きれぎれにたちきられ変化しながらも、なにかで結びつけられているひとつながりの意識があるだけなのである。それでも、やっぱり、人間は自分を、たしかに、自分だと感じるのだ。

われわれの肉体はいつもおなじ一つのものではない。そのうえ、また、このうつり変っていく肉体を一つのもの、自分のものと認める意識も、たえず続いていくものではなくて、きれぎれに変化していくものなのだ。われわれは自分の肉体も、自分の意識も、いままでにもうどれだけなくしてきたか知れはしない。われわれはたえず肉体をなくしているばかりか、毎日、眠るたびに意識をなくしているではないか。しかも、毎日、毎時間、自分の意識が変化しているのを感じながら、ちっともそれを恐れなどしない。だから、死によってなくなってしまうのがいたましくてならないような自我を、もし、われわれがもっているとすれば、その自我は、自分のものとわれわれがよんでいる肉体のうちにも、ほんのわずかのあいだだけ自分のものとわれわれが認める意識のうちにもあろうはずはないのだから、きっと、とぎれとぎれにつづいていく意識を一つに結びあわす、なにか、別のもののうちにあるに違いない。

時間の流れるままに、とぎれとぎれにつづいていく意識を、すべて、一つに結びあわすこの別のものというのは、じゃ、いったいなんだろうか？　このもっとも根本的で特殊なわたしの自我――つまり、わたしの肉体の生存と、肉体のうちに起きるさまざまな意識とによって、くみたてられるような単純なものではなくて、とぎれとぎれにあとからあとからあらわれる意識を、一切合財、くしにでもさしとおすようにして、いちいちまとめていくこの根本的な自我とは、ほんとうに、いったいなんなのだろうか？　この問題は恐ろしく深遠でむずかしいものに思えるけれど、しかし、子どもなら、たいてい、ちゃんとその答を知っていて、日に二十ぺんくらいは口にしないことがないほどだ。「これが好きだ、それあれは好きでない」とよくいっている、あれである。この言葉はたいそう簡単だが、それでも、そこには、すべての意識を一つに結びあわせている特別な自我とはなにかという問題の解答があるのだ。これは好きだけれど、あれはきらいだというものが、つまり、ほかでもない、この自我なのである。なぜ人にそれぞれ好ききらいがあるのか、そんなことはだれも知りはしないが、しかし、この好きだきらいだということが、ひとりひとりの人間の生命の根本になるものであって、とぎれとぎれてばらばらになっているさまざまな意識を、一切合財、ひとまとめに結びあわせる役をしているのである。外部の世界というものはすべての人間に一様に働きかけているが、ぜんぜんおなじ条件におかれた人たちの印象でさえ、そのうけとり方しだいで、いくらでも、雑にもなればくわしくもなり、強くもなれば弱くもなるので、いちいち数えたてればきりがないくらい、実にさまざまなものなのだ。こういった印象のうちから、ひとりひとりの人間の一貫したひとつながりの意識がつくりあげられていくわけだが、このつぎつぎにあらわれては消える意識が、すべて、結びあわされるのは、ほかでもない、人それぞれに働きかける印象には、いつも、きまった一定の傾向があるからである。ある印象はその人の意識に強く働きかけても、ほかの印象はそれほど働きかけなかったりするのだ。印象の働きかけように、こうして、一定の傾向があるのは、つまり、人には、多かれ少なかれ、好ききらいというものがあるからなのである。

　この好ききらいによって、はじめて、ほかのなにものでもない、ある一定のひとつながりの意識がつくりあげられるのだ。だから、とぎれとぎれてばらばらになっている意識を、すべて、一つにまとめる人間の特殊な根本的な自我というのは、とりもなおさず、多かれ少なかれあるものを好み、あるものは好まないというこの特質にほかならないのである。この特質は、もちろん、われわれの生きているあいだにも発達していくものではあるが、しかし、それよりもまえに、われわれの知ることもできなければ、見ることもできない過去から、われわれがもうちゃんと身につけて、もってでてきたものなのである。

多かれ少なかれあるものを好んで、あるものを好まないというこの人間の特殊な本性は、普通、性格とよばれている。そして、この言葉は、たいていの場合、一定の場所と時間という条件のもとで作りあげられた個人個人の資質の特殊性を、意味するもののようだ。しかし、こういった理解のしかたは正しくない。多かれ少なかれあるものを好み、あるものを好まないという人間の特殊な本性は、空間と時間という条件から生まれてくるようなものではないのだ。むしろ、反対に、空間と時間というこの条件は、もともと、人間があるものを好み、あるものは好まないというどうにも動かしようのない本性を、この世に、もって生まれてきているために、人間に働きかけたり、働きかけなかったりするだけのことなのである。だからこそ、おなじ空間と時間の条件のうちで生まれ育った人たちでも、その内部の自我をみると、まるっきり傾向が正反対だったりするようなことも、ちょいちょい、起こるわけなのだ。

われわれの肉体ときってもきれない関係にある意識——それぞれ違ったばらばらのいっさいの意識を、一つに、結びあわせているものは、空間と時間という条件からまったく独立してはいるが、あやふやなものどころか、きわめてはっきりした動かしようのないものであって、空間も時間もこえた世界から、この世に、われわれがもってでてきたものである。これこそ、わたしとこの世界とのあいだに特定の関係をなりたたせるもの――このわたしというもののまがうかたもない真実の自我なのである。この根本の本性――世界にたいする関係を自覚することが、自分自身を知ることとなのだ。いや、自分ばかりではない、わたしが他人を知るとすれば、やはり、世界にたいするその特定の関係をつかむほかはないわけである。他人《ひと》と精神的なまじめなまじわりをとりかわすとき、われわれはその人の外見などにはとらわれず、ひたすら、その本質に触れようと、つとめるだろう。つまり、どの程度になにを好み、なにを好んでいないかという、この世界にたいする態度――関係を知ろうとするのである。

それぞれに違った動物――馬なり、犬なり、牛なりをわたしが知っているとすれば、知っているばかりか、精神的なかけがえのないつながりまでもっているとすれば、そうしたわたしの理解も、また、ただの外見の違いなどからひきだされてきたのではなくて、その動物の、それぞれに、位置をしめているこの世界にたいする特定の関係――なにをどの程度に好いたり、きらったりしているかというそれぞれの立場の違いによって、しだいに、形づくられたものにほかならないのである。また、わたしが動物のいろいろ違った種類を見わけるのも、厳密にいうならば、その外見の特徴によるわけではないので、さまざまの動物――たとえば、シシなり、魚なり、クモなりが、それぞれ、この世界にたいしてその種族に共通した独特の関係をしめしているという事実によって、区別しているのである。すべてのシシは、どれもおなじように、あるものを好み、すべての魚は、やはり、おなじように、別のあるものを好み、すべてのクモは、また、おなじように、それとは違ったあるものを好む。こうして、いろいろな動物は、それぞれ種族ごとに、違った別のものを好むからこそ、わたしの観念のうちで、みんな、ちゃんと、別の生物として、区別されるわけなのである。

わたしが、たとえ、こうしたさまざまな生物のうちに、この世界にたいするそれぞれの特定な関係を見分けなかったとしても、そんなことはそういう関係が存在しないという証拠には、ぜんぜん、ならない。一ぴきのクモの生活の内容――この世界にたいするそのクモの特定な関係が、わたしとこの世界との現在の関係から、あまりにもかけはなれているために、シルヴィオ・ペリコが一ぴきのクモをほんとうに理解したほど、まだわたしには理解がとどいていないということを、それは物語るだけの話である。

自分自身のことでも、ひろい世界のことでも、なにによらず、わたしのいまもっているいっさいの知識の基礎となるものは、けっきょく、この世界にたいする、わたしの特定の関係にほかならないのである。こうした関係に立脚しているので、その結果、わたしは、やはりおなじようにこの世界と、それぞれ、特別な関係をもっているほかのさまざまな生物を知ることも、できるわけだ。しかも、世界にたいするわたしのこうした特定の関係というものは、この人生のうちで、はじめて作りあげられたものではない。わたしのこの肉体とともに、時間にしばられたこのひとつながりの意識とともに、始まったものではない。

だから、時間に支配される意識によって一つに結びあわされたわたしの肉体も、時間にしばられて変化していくこのわたしの意識そのものも、おなじように、いつかは亡びてしまうだろうが、しかし、世界にたいするわたしの特定の関係——わたしの根本の自我を形づくるばかりか、さらに、この世のいっさいのものをわたしに理解させる基礎となるこの特別な関係だけは、けっして、亡びることがないだろう。亡びようがないのである。なぜなら、それだけが、それ一つだけが真の存在だからである。もしもそれが存在しないとすれば、わたしは自分の一貫したひとつづきの意識など知らずにいたろう。自分の肉体のことも、生命のことも知らずにいたろう。もちろん、他人の生命のことなぞ、いっさい、知らなかったに違いない。それだから、肉体と意識とが亡びたところで、なにも、世界にたいするわたしの特定の関係——いまの生活のうちで始まったのでもなければ、起こったのでもないこの特別な関係までが亡びるという、なんの証拠にもなりはしないのである。

二九　死の恐怖は、人々がまちがった人生観にとらわれて、人生のほんの一部分を人生と考えるところから、起こる

われわれは、肉体も、つぎつぎにあらわれては消えるひとつながりの意識も、ともに、一つに結びあわせているわれわれの特殊な根本の自我が、肉体の死によって、失われてしまうのを恐れている。けれども、わたしのこの根本の自我は、なにも、わたしの誕生とともに始まったものではないのだから、時間の支配をうけているかぎられた意識がたたれてしまったからといって、それといっしょに、この時間にしばられたばらばらの意識を、すべて、一つに結びあわせているものまでが、亡びてしまうことはないはずである。

肉体の死は、たしかに、肉体を一つに結びあわせて把握していたもの――つかのまの生活の意識を亡ぼしはする。しかし、こういったことは、実際、眠るたびごとに、毎日たえず起こっていることではないか。だから、問題となるのは、肉体の死がつぎつぎに起こる意識をすべて一つに結びあわせるもの、つまり、世界にたいするわたしの特定の関係まで、亡ぼすかどうかという点だけなのだ。そして、そうした関係まで亡ぼすと断定するためには、このつぎつぎに起こる意識を一つに結びあわせているもの――世界にたいするわたしの特定の関係が、わたしの肉体の存在とともに生まれたということ、したがって、それと

ともに死ぬということを、まず、証明しなければならないわけだ。ところが、そんな事実は、まったく、ないのである。

わたしが、自分の意識をよりどころに、考えてみて知ったところによれば、わたしのさまざまな意識をすべて一つに結びあわせるものというのは、つまり、あるものには心を動かすが、あるものにはなんの関心もいだかないで、心に残る印象と、残らないでそのまま消えてしまう印象とをふるいわける好ききらい、幸福を愛し、不幸をにくむ気持につうじるものであって、こういったわたしと世界との関係——ほかのものでもないこのわたしを形づくっている特別な関係は、なにか外部のものが原因となって作りあげられたのではないばかりか、むしろ、わたしの人生のほかのいっさいの現象の根本原因にほかならないのである。

ちょっと見たところでは、わたしにも、わたしの自我の特殊性というものが、わたしの両親の特殊性と、それから、わたしや両親に影響した条件の特殊性によるもののように思われたりするのだが、しかし、この考え方をさらにおし進めていくと、さまざまな意識を、すべて、一つに結びあわせるわたしの特殊な根本の自我というのは、空間と時間をこえたところに生まれるもの、つまり、わたしが自分の意識によって知ったとおりのものであると、認めないわけにはいかなくなってくるのだ。なぜならば、わたしの自我がわたしの両親の特殊性と、両親に影響した条件の特殊性とにかかっているものとすると、当然、わたしの祖先という祖先の特殊性にも、その生存の条件にもかかわりあいはできてくるわけなので、どこまでもさかのぼってもとをたずねなければならなくなり、けっきょくは、時間も空間もこえたところに、自我の特殊性の原因を認めるほかなくなってしまうからである。

肉体の死とともに亡びてしまうのをわれわれが恐れている特殊な自我は、ほかでもない、ここに、この時間も空間もこえたところに、根をおろしているのだ。つまり、生まれてからこのかた記憶に残っているいっさいの意識はもとより、それにさきだつ意識（プラトンがいっているばかりか、われわれだって、だれしも、みな心の底では感じている意識）までも一つに結びあわせている、わたしと世界との特別な関係――世界にたいするわたしのこの特定の関係のうちに、基礎をおいているのである。

ところで、すべての意識を一つに結びあわせるもの、人間のこの特殊な自我というものが、時間をこえて、いつでも存在するという事実、とだえたりたちきられたりするのは、時間にしばられたひとつながりの意識にすぎないという事実を、ほんとうに理解しさえすれば、肉体が死んで、時間にしばられた意識がすっかり消えてなくなってしまっても、それは、毎日の眠りとおなじことで、人間の真の自我を亡ぼしはしないということが、はっきりわかるに違いない。実際、眠りには、死とまったくおなじ現象――時間にしばられた意識がとだえるという現象がつきものなのに、眠るのを恐れるものなど、ひとりだって、いないではないか。意識のなくなるという点では、眠りは死とかわりがないのに、人は眠るのを恐れないのである。というのは、なにも、いつも眠っては目をさますから、こんどもまた目をさますだろうと、人が考えるせいではないのだ（こんな考え方は正しいとはいえない、人は千度目ざめたからといって、千一度めも目がさめるとはかぎらない）。だれもけっしてこんなふうには考えはしないだろう。それに、こんな考えはなんのなぐさめにもなりはしない。そうではなくて、人は、その真の自我が時間をこえて生きるのを知っていて、そのために、時間にしばられた意識がたとえたたれても、かれの生命はけっして亡びないと納得できるからなのである。

もし人が、よく御伽噺《おとぎばなし》にあるように、千年も眠りつづけたとしても、二時間眠るときとおんなじことで、いともおだやかに眠っただろう。一時的なものではない真の生命の意識からみれば、百万年の間をおこうが、八時間の間をおこうが、けっきょく、ぜんぜんおなじことなのだ。なぜなら、真の生命にとって、時間など、問題にはならないからなのである。

肉体は亡びる。そして、つかのまの意識も亡びる。

しかし、人間も、自分の肉体や意識の変化に、もういいかげん、なれてもいいころではなかろうか。なにしろ、こういった変化は、人がものごころのつくころから始まって、休みなしに、たえず起こっていることなのだ。人は自分の肉体に起こる変化を、別に恐れはしなかったではないか。いや、恐れないどころか、こうした変化が早ければいいと、望むようなことだってちょいちょいあるではないか。はやく大きくなればいい、大人になればいい、病気がすっかりなおればいいと、望んだりするではないか。現に、人間は、もとはといえば、ちっぽけな赤い肉のかたまりで、その意識ときたら、ことごとく、胃の腑《ふ》の要求ばかりだったのに、それが、いまは、あごひげをたくわえた分別のある紳士になっていたり、立派にそだった子どもたちに愛をそそぐ婦人になっていたりしていて、肉体の点でも、意識の点でも、これっぱかりもむかしを思わせるところなど残ってはいないが、それでも、人は、自分をいまみるようなものにした変化をちっとも恐れないで、かえって、歓迎しているくらいである。それなのに、なんで目のまえのつぎの変化を恐れるのだろう？　なにが恐ろしいのか？　完全に消滅してしまうのが恐ろしいのだろうか？　しかし、こうしたすべての変化の根本、真の生命の意識の基礎であるわれわれのこの世界にたいする特定の関係というものは、肉体の誕生とともに始まったのではなくて、肉体と時間とを超越したものなのだ。だとすれば、空間や時間の変化がたとえどんなにはげしかったにしても、なんで恐れたりすることがあろう？　空間、時間の変化が、空間も時間もこえたところにあるものを、亡ぼす道理はないのである。それなのに、人間は人生のぜんたいを見ようとしないで、そのほんの一部分にばかり気をとられているのだ。いとおしくてならないこのちっぽけな一部分が見えなくなりはしないかと、たえず、もうやきもきと心配ばかりしているのだ。自分はガラスでできているとばかり思いこんだ気違いが、つきたおされたとたん、ガチャンとひと声あげたとおもうと、それっきりになってしまったという話があるが、ちょうどそんなようなものである。真の生命に生きるためには、空間と時間にしばられたその一部分ではなくて、生命ぜんたいをつかまなければならない。生命ぜんたいをつかむものには、いっそう多くのものが約束されているけれど、その一部分だけしかとらえようとしないものは、いまもっているものまでも、うばわれることになるだろう。

三〇　生命の本質はこの世界にたいする関係だ。しかも、生命はたえず動いて、さらに高い新しい関係を形づくってゆく。だから、けっきょく、死も新しい関係にうつる一つのきっかけにほかならないのである

われわれは、生命をこの世界にたいする一定の関係としてしか、理解できない。われわれは自分のうちの生命をこう理解しているばかりか、ほかのいっさいの生物の生命も、やはり、こういうふうに理解しているのである。

しかし、自分のうちの生命を、われわれは、この世界にたいするただのあるがままの関係として理解するだけではないのだ。さらに進んで、動物的な自我を理性のきずなにますます強く結びつけ、愛の光をいよいよあきらかに輝かしながら、世界にたいする新しい関係をうちたてていくいとなみだと考えるのである。現に、われわれと世界とのいま見るような関係がふだんに続くものではないこと、したがって、新しい別の関係をうちたてるようにしなければならないことを、われわれの痛切に感じる肉体にささえられた存在のいやおうない破滅という事実が、はっきりと教えてくれているではないか。この新しい関係の樹立――つまり、いいかえれば、生命のたえまない運動をほんとうに理解しさえすれば、

死の観念などいっぺんにふきとんでしまうに違いない。人が死にとらわれたりするのも、自分の生命を、成長していく愛のうちに実現される新しい関係——この世界にたいする理性的な関係をうちたてていくいとなみにあると認めないで、いつまでも、もとのままの関係、つまり、自分のもって生まれた好ききらい——ひくい愛の段階にかかずらっているからにすぎないのである。

生命はたえまない運動なのだ。それで、人は、この世界にたいするもとどおりの古い関係、もって生まれたはじめのひくい愛の段階にとどまっているかぎり、生命の停滞を感じなければならず、その結果、死を目のまえに見なければならなくなるのだ。

こういった人にだけ、死は、はっきりと目に見える。目に見えるので、恐ろしい。こうした人から見ると、人間の生存は、一から十まで、かたときのやみまもないふだんの死でしかない。この人たちにとって、死はただ未来ばかりのものではないのだ。この現在にも、たえず、不吉な姿をあらわす。小さいころから年をとるまで、動物的な生命の衰弱のしるしがあらわれるたびごとに、いつも、まざまざと目に見えて、恐ろしい思いをさせるものなのだ。なぜなら、子どもから大人になる成長期の活気に満ちあふれたのびゆく力でさえ、けっきょく、ほんの一時だけの見せかけのものにすぎず、本質的には、生まれてから死ぬまで休みなく続くあの肉体の器官の硬化、柔軟性の減少、生命力の衰弱という現象の一部にほかならないからである。そこで、こうした人は自分の目のまえに、たえず、死を見る。

しかも、死の救いになるようなものはなにもないのである。一日ごとに、いや、一時間ごとに、こういった人の境遇は悪くなるばかりで、よくなる見込みなどまったくないのだ。世界にたいする自分の特別な関係、その特定の好ききらいというものが、こうした人の目には、ただ自分の生存の条件の一つぐらいにしか見えず、人生のたった一つのだいじな問題、つまり、世界にたいする新しい関係の樹立、愛の拡大という問題など、まるでもう、眼中にもないのである。こういった人の人生は、すべて、ねがってもしょせんかいのないこと——とうてい避けようのない生命の萎縮《いしゅく》、衰退、硬化、つまり、老衰と死からまぬがれることばかりに、いたずらに、ついやされている。

しかし、人生をほんとうに理解している人の場合は、そんなことはない。こうした人は、世界にたいする自分の特別な関係、その特定の好ききらいというものが、いまは見ることのできない過去の世界からこの現在の生活のうちへ、生まれながらに身につけて、自分のもってでてきたものなのを知っている。しかも、このもって生まれた特定の好ききらいというものが自分の生命の本質をなすものであること、つまり、それが生命のほんのちょっとした偶然の特徴などではなくて、たえず運動する生命の発露にほかならないということを知っている。そして、この生命の運動、愛の増大のうちに、自分の人生をはっきりと見さだめている。

自分の過去を現在の生活に照らしてかえりみるとき、こうした人は、記憶に残るその意識のうつり変りをたどってみて、世界にたいする自分の関係が変化してきたこと、理性の法則の権威が強まってきたこと、それから、個人的な生存の衰弱とはいっこうかかわりなく、ときには、この衰弱という事実と反比例して、愛の力と範囲とが、ますます大きな幸福をわが身のうえにもたらしながら、たえず増してきたことをさとるのだ。

こういった人間は、はっきりとその目には見えない過去からうけた自分の生命の成長を、いつも、意識しながら、心静かに、いや、それどころか、喜び勇んで、やはりはっきりと目には見えない未来にむかって歩みを進めていくのである。

普通、人が病みほうけたり、年とってよぼよぼして子どもにかえったりすれば、それといっしょに意識も、生命力も衰えはてて、おしまいになるものと思われている。しかし、いったい、それはどういう人のことだろうか？　わたしは、いま、年とってまた子どもにかえったと言い伝えられているあの使徒ヨハネのことを、思いだす。言い伝えによると、かれはただ「兄弟よ、たがいに愛しあうがいい！」とくり返すばかりだったという。ほとんど身動きもできない百歳の老人が、目に涙をうかべながら、いつも、「たがいに愛しあうがいい！」と一つ言葉をくり返し、つぶやいているのだ。こうした人間のうちには、動物的な生存はもうほとんどそのかげをひそめてしまっている。そんなものは、ことごとく、この世界にたいする新しい関係——肉体にしばられた人間の生存のうちにはもうどうにもおさまりきらなくなっている新しい生命によって、おしのけられてしまっているのである。

人生をほんとうにあるがままの本来の姿で理解している人にしてみれば、自分の生命が病気や年のせいで衰えたなどといって、なげき悲しんだりするのは、ちょうど、光にむかって進んでいる人間が、光に近づくにつれて、自分の影の小さくなっていくのを悲しむのとおなじように、ばかげたことなのだ。肉体が亡びるからといって、自分の生命も亡びると信じ込んだりするのは、四方八方からいっせいに照らす光のなかにはいると、ものの影がたちまち消えてしまうのを、ものそのものがなくなってしまったしるしだと信じ込むのと、ぜんぜんなんの変りもないのである。こうした結論を平気でくだすことのできるのは、あんまり長いこと影ばかり見つめていたため、しまいには、とうとう影がものの本体だと思い込むようになった人だけだろう。

自分自身を空間時間に左右される生存の条件によって知るのではなくて、この世界にたいする自分の成長する愛の関係によって認識している人にしてみれば、空間と時間というこの生存の条件、つまり、影の消滅は、光の輝きがいっそう強くなったそのしるしにほかならないのである。人生を、この世界にたいする自分のもって生まれた特殊な関係——愛をおしひろげることによって、これまでの生活のうちで、しだいに成長させ発展させてきたある特別な関係として、理解している人に、自分自身の消滅を信じろなどというのは、ちょうど、目に見えるこの世界の物理的な法則を知っている人にむかって、おまえを母親がキャベツの葉のしたで見つけたとか、そのうち、おまえのからだはどこかへ飛んでいって、あとかたもなくなるに違いないとかいったたぐいのことを信じさせようとするのと、どっちこっちのばかげた話なのである。

三一　死んだ人々の生命はこの世から消えてしまうものではない

しかし、死にまつわる迷信は、ここでとりたてて説きあかすまでもなく、われわれの意識している生命のその本質について見るならば、おのずと明らかになるはずである。たとえば、わたしの親しい兄弟のひとりは、わたしとおなじように生きていたのに、いまでは、わたしとは違って、もうこうして生きてはいない。かれの生命というのは、とりもなおさず、かれの意識であって、その肉体的な生存の条件のうちにあらわれていたものだけれども、かれのこの意識を入れる空間や時間の条件がなくなってしまった以上、わたしにとって、かれは存在していないわけである。わたしの兄弟は生きていた。わたしはかれと親しく交際していた。ところが、もういまではかれはいなくなってしまって、どこにかれがいるのか、わたしには知るすべもない。

「かれとわれわれのあいだには、いっさいのつながりがたたれてしまったのだ。われわれにとって、かれは存在しないものだ。それに、われわれだって、やがては、あとに残るものにとって、まるで存在しないものになるのだ。これが死でなくって、なんだろう？」人生を理解しない人たちは、そこで、こんなことをいうのである。

こうした人たちは、なににせよ形にあらわれた交際のできなくなってしまうということが、死の実在性のまがうことのないなによりの証拠のように、思っているのだ。だが、しかし、自分の近しい人々が、こうして、肉体的な生存をやめてしまうということの出来事ぐらい、死の観念の幻にすぎないことを、はっきりと、教えるものはないのである。わたしの兄弟が死んだ。で、どうなったかというと、かれのこの世界にたいする関係——それも、空間と時間のうちでわたしの認めていたその関係のあらわれというものが、わたしの目から消えさって、あとかたもとどめなくなったばかりなのだ。

「あとかたもなくなってしまった」まだチョウにならないマユのままのさなぎは、そのとなりのマユのからになっているのを見て、こういうに違いない。たしかに、さなぎがもし考えたり、ものをいったりできるとすれば、こんなこともいいそうだ。なぜなら、さなぎだったら、そのとなりの仲間がいなくなればいなくなったで、もうそれっきり、なんにもあとは考えも感じもしないに違いないからである。ところが、人間の場合はそうではない。わたしの兄弟が死んだ。マユはすっかりからになった。これまで見つけてきたその姿をわたしは、もう、見ることはない。しかし、かれの姿がわたしの目から消えうせたということも、わたしとかれとの関係を亡ぼしはしないのである。わたしには、よくわれわれのいうあの思い出、かれの思い出が残されているのだ。

思い出——かれの手とか、顔とか、目の思い出ではなくて、かれの精神の姿の思い出である。

いったいこの思い出というのはなんだろう？　しごく簡単で理解しやすいように見えるこの言葉はなんだろう？　結晶体や動物の形が消えうせても、この結晶体や動物のあいだには、思い出は残らない。ところが、わたしは自分の親しい兄弟の思い出をもっているのだ。しかも、この思い出は、わたしの兄弟の生前の生活が理性の法則と一致していればいるほど、愛のこころに満たされていればいるほど、いよいよいきいきとするものだ。思い出はただの観念などではないのである。わたしの兄弟がこの世に生きていたとき、その生命がわたしに働きかけたのとちょうどおなじように、いまも、このわたしに働きかけるなにかなのである。つまり、わたしの兄弟がこの世に肉体をもって生存していたあいだ、その身のまわりをとりかこみ、わたしやほかの人たちに働きかけたばかりか、死んでしまったいまとなっても、やはり、あいかわらずこうしてわたしに働きかけているその人の物質と違って目には見えない雰囲気といったものが、ほかでもない、この思い出なのである。この思い出が、かれの死んだいまも、生きていたとき要求したのとまったくおなじことを、やっぱり、わたしに要求する。それも、かれの生きていたときよりも、死んでからのほうが、ずっとずっとわたしをしばるのだ。わたしの兄弟の身うちに燃えていた生命の力は亡びたのではない。衰えたのでもない。そっくりもとのまま残っているのでもない。かえって、まえよりも大きなものとなって、はるかに力強くわたしに働きかけているのである。

かれの生命の力は、その肉体の死ののちにも、生前と同様、いや、それ以上に力強くこうして働きかける。生きているいっさいのものとちっとも変らず、働きかける。それなのに、いったいどんな根拠があって、わたしの死んだ兄弟がもう生命をもっていないなどと、断言したりできるだろう？　わたしの兄弟がこの世に肉体をもって生存していたときと、まったくおなじようにその生命の力を感じていながら、つまり、いいかえれば、わたしの目を、この世界にたいするわたしの関係に、ひらかせるようすがともなったかれと世界との関係というものを感じとっていながら、どうしてそんなことがいえるだろう？　わたしはここではっきりということができる。ほかでもない、かれは、世界にたいするごく低い関係——動物としてかつてかれのとどまっていた、そして、現に、まだわたしのとどまっている低い関係から、ぬけだしていってしまったのだ。けっきょく、それっきりのことなのである。もっとも、ことわっておかなければならないが、わたしにも、世界にたいするいまのかれの新しい関係を形づくるものが、見えるわけではない。しかし、かれの生命を否定することはぜったいにできない。なぜなら、わたしは自分の身にその力をはっきり感じているからである。ちょうど、だれかが自分をつかんでいるのを、鏡のうえで、見ていたのに、その鏡がふっとくもったようなものだ。どうやってつかんでいるのか、もうわたしには見えはしないが、それでもやっぱり、だれかが自分をつかんでいて、まえとおなじように、ちゃんとそこにいるのは、全身でもって、はっきり感じられるというわけである。

だが、そればかりではない。わたしの目には見えないこの死んだ兄弟の生命は、わたしに働きかけるだけではなくて、わたしのなかにまで入りこんでくる。かれの特殊な生きた自我、世界にたいするその関係が、そのまま、この世界にたいするわたしの関係になってくるのだ。世界にたいするその関係にたいする自分の新しい関係を作りあげるにあたって、かれは、自分の行きついたその段階にまで、なんとかしてこのわたしをひき上げようと、手をかしてくれているようなのである。わたしの目にはもう見えなくなってしまったが、それでも、かれは自分のほうにわたしを強くひきつけるのだ。それで、わたし――わたしの特殊な生きた自我には、ひと足さきにかれのふみ入ったつぎの段階というものが、いっそうよくわかるようになるのである。こうして、わたしは、肉体の死によって姿を消してしまった兄弟のその生命を、自分のうちに、意識するわけだから、かれの生命の不滅を疑うことができないのだ。しかも、わたしの目から消えうせたこの生命が、いきいきと、世界に働きかけるのを観察すると、わたしは、このわたしの目から消えた生命の実在性を、ますますかたく信じないわけにはいかなくなる。その人間は死んでしまったが、世界にたいするかれの関係は亡びるどころか、生前よりももっと力強く人々に働きかけつづけているのだ。しかも、この働きは、理性と愛の深さにつれて、まるで生きているもののように、たえず増大し、成長して、とどまることも、消えることもないのである。

キリストはとうのむかしに死んだ。かれのこの世の生命は短かった。われわれは、肉体をもった個人としてのキリストについては、いっこうはっきりした観念をもっていない。

しかし、かれの理性と愛に満ちた生命の力、つまり、世界にたいするかれの関係――ほかのだれのものでもないかれ自身の関係は、いまにいたるまで、世界にたいするこのかれの関係を自分のうちに受け入れて、それにしたがって生きている数百万の人々に、力強く働きかけてきているのである。いったいこうして働きかけているのはなんだろうか？　もともとキリストの肉体的な生存と結びついていたのに、いまだにこうしてその生命を継続させ、拡大させるこの働きは、なんとよんだらいいのだろうか？　普通、われわれはそれがキリストの生命ではなくて、その結果だなどという。そして、こうしたなんの意味もない言葉を口にしながら、われわれは、自分たちが、その力は生きているキリストそのものにほかならないといったりするよりも、ずっとずっとはっきりしたたしかなことを述べでもしたように、思い込んでいるのである。これは、ちょうど、芽をふいてカシの木となったドングリのそばに、巣をくったアリのいいそうなことだ。ドングリの芽はずんずんのびて、カシの木となって、土のなかふかく根をはり、枝をたれ、新しいドングリの実をふらし、日ざしや雨をさえぎって、そのまわりに生きているいっさいのものを変化させる。「これは、もう、ドングリの生命でもなんでもない」とアリはいうに違いない。「これはドングリの生命の結果にすぎないのだ。われわれがこのドングリをひきずってきて、穴のなかに落したとき、その生命は終ってしまったんだから」

わたしの兄弟がきのう死んだとしても、千年まえに死んだとしても、肉体をもって生きていたあいだ、働いていたかれのその生命力は、死んでしまってからも、わたしのうちに、そして、数百、数千、数百万の人々のうちに、いよいよ力強く働きつづけるのである、わたしの見ることのできる生命力の一つのあらわれ——肉体にしばられたかれのつかのまの生存の姿は、わたしの目から、消えてしまっているのだけれども。このことは、いったい、なにを意味するのか？　ちょうど、目のまえに、燃えさかる草のあげるほのおの光を見ているようなものだろう。草は燃えつきてしまったのに、光はますます強くなるばかりだ。この光のもととなった草は、もう、見ることはできない。なにがいま燃えているのかもわからない。けれど、この草を焼きつくしたのとおなじ火が、いまは、そのむこうの森か、わたしには見えないなにか別のものに燃えうつったのだ、というぐらいの想像はつく。わたしを導く生命の光は、ちょうど、この燃えひろがって輝きをますほのおの光にたとえられるのである。生命の光——この生命の光——わたしはその光によって生きている。どうしてわたしにそれが否定できよう？　この生命の光——生命の力は、いまでは、わたしには見えない別の中心にうつっていって、まえとは違ったあらわれ方をしているのだ。こう考えられるだけで、それを否定することは、どうしたって、できはしない。なぜなら、わたしはその力を感じ、それに動かされて、生きているからである。ただその中心というのはどういうものか、生命の本質とはなにかということになると、わたしには知ることができないだけだ。もっとも、それも適当におしはかるだけのことなら、しようと思って、できないことはないが、そんなことをしても、しょせん、問題をますます紛糾させる役にしかたつまい。もし人生を理性に照らして、納得のいくように、理解しようとするならば、わたしは明瞭《めいりょう》で確実な事実は、そのまま、すなおに受けとらなければならない。あいまいで勝手なあて推量をくわえて、明瞭な確実なものまでわざわざわかりにくくするようなまねはしたくない。死のばかばかしい恐ろしい迷信にこれ以上悩まされぬようにするには、わたしの生活の根本となっているいっさいのものが、わたしよりさきにこの世に生きて、もうとうに死んでしまった人々の生命からなりたっていること、したがって、生命の法則にのっとって、自分の動物的な自我を理性に従属させ、愛の力を発揮しさえすれば、すべての人が、肉体の生存の亡びたのちにも、ほかの人々のうちに生き続けるのだということを知れば、もうじゅうぶんなのである。

死んだのちもこうしていきいきと働きかける力を失っていない人々を見ると、そういった人々が自我を理性に従属させ、生命を愛にささげながら、生命が亡びるなどとは、これっぱかりも、疑おうとせず、疑うことなどできなかったわけも、われわれには、自然、のみこめてくるに違いない。

こうした人々の生活のうちに、われわれは、生命の永遠を疑わぬかれらの信念の根本となるものを、見いだすことができるのである。そして、そこからさらに一歩進んで、自分の人生をよくよくつきつめて考えてみるならば、自分自身のうちにも、やはり、このおなじ根本となるものを発見しないではいないだろう。キリストは、かれが生命の幻影の消えさったのちに生きるだろう、といった。キリストがこういったのは、かれが、肉体をもってこの世に生きていたとき、すでに、たたれようのない永遠の真の生命のうちに息づきはじめていたからである。肉体にしばられた生存を続けているうちに、もう、かれは生命の別の中心からさす光の輝きをいっぱいにその身にあびて生きていたのだ。光のうちを歩きながら、かれは、そのあいだに、この光の輝きが自分のまわりの人々にも及んでいくさまを目にしていたのだ。自我を否定して、理性と愛の生活に生きる人々は、だれであろうとみな、これとおなじものを見るのである。

たとえどんなにその人の活動範囲がせまくても、よしんば、それがキリストだろうが、ソクラテスだろうが、よろこんで自分を犠牲にする善良で名もない老人や、青年や、婦人だろうが、その人がもし他人の幸福のために自我をすてて生きるならば、そうした人は、もう、現在のこの地上の生活のまま、世界に対する新しい関係——この世に生きるすべての人の求めてやまぬ死のない新しい関係に、ふみこんでいるのである。

人は、理性の法則にのっとって、愛のこころを発揮しながら生きるとき、すでに、この地上の生活のうちで、こうしていま自分の目ざして進んでいる生命の新しい中心からさす輝かしい光をはっきりと見るばかりか、その光の輝きが、自分をとおして、まわりの人々に及んでいくさままで、目にするのである。そして、それが、かれに生命の永遠の力、不滅の力にたいする動かしようのない強い信念を、与えるのだ。この生命の不滅という信念を、そっくりそのまま、だれか他人から受けとるなどということはできないし、いくら自分で生命が不滅だと思いこもうとしたところで、思い込めるものでもない。生命の不滅という信念が形づくられるには、現に、生命の不滅という事実が存在することをよく認識しなければならず、そういった事実が存在することを認識するには、自分の人生を、その不滅という点でとらえて、ちゃんと理解しなければならないのだ。未来の生命をほんとうに信じることのできるのは、けっきょく、この人生で自分のつとめをはたして、そこに世界にたいする新しい関係――この世のわくのなかにはもうおさまりきれぬような新しい関係をつくりあげることになった人だけなのである。

三二　死の迷信は、人が世界にたいするそのさまざまな関係を混同するところから、生まれる

そう、人生をほんとうに正しい意味で見たならば、死というこんな奇妙な迷信が、いったいなんであるのか、ほとほと合点がいきかねるに違いない。

やみのなかでふっとみた恐ろしげなものも、じっとこころをおちつけて見て幻だとわかりさえすれば、もう恐ろしくもなんともなくなるのと、おなじようなものである。

たった一つきりしかないものを失うという、こういった恐れは、人が、ちゃんと知ってはいるものの、目には見えない特別な一つの関係――世界にたいする理性の意識の関係のうちにこの人生を認めるだけではなくて、目には見えてもよくはわかっていない関係――世界にたいするその動物的な意識や肉体の関係のうちにまで、真の人生を認めるところから、起こるのだ。人間にとって存在するものはすべて、この三つの関係として認識されるのである。つまり、㈠世界と人間の理性の意識との関係、㈡世界と人間の動物的な意識との関係、㈢世界と人間の肉体を形づくる物質との関係がこれである。人は、世界と自分の理性の意識との関係に、そのかけがえのない真の人生があるのを理解しないで、世界と動物的な意識や物質との目に見える関係のうちに、自分の人生があると考えるから、自分自身の

うちで、その肉体を形づくる物質や、動物的な自我と世界とのもとからの関係がやぶれたりすると、自分の理性の意識と世界との特別な関係まで失われてしまうようで、不安なのである。

こうした人から見ると、自分というものが、独特の動物的な意識の段階に達した物質の運動から、なりたっているように思われる。つまり、この動物的な意識が理性の意識にまで成長するが、やがて、その理性の意識は弱まっていって、ふたたび、動物的な意識へと逆もどりし、とどのつまりは、それさえも衰えて、意識の起こるそもそものもととなった死んだ物質にかえってしまうと、こういった人は考えるのだ。こんなふうに考えるから、世界にたいするその理性の意識というものが、けっきょくは亡びてしまう、なくもがなの、なにか偶然のもののように、思われてくるのだ。この見解によると、世界にたいする人間の動物的な意識の関係は、動物がその種族のうちに自己を保存しつづけるかぎり、亡びるわけがないし、また、世界にたいする物質の関係になると、もう、永久に亡びることがないのだが、もっとも貴重なもの——人間の理性の意識は、永遠に続くようなものでないばかりか、まったくむだな余計なものの一瞬のひらめきにすぎないということになるのである。

しかも、人はこんなことはありえないと感じる。つまり、ここに死の恐怖があるのだ。そこで、この恐怖から逃れるために、あるものは、動物的な意識とは、とりもなおさず、理性の意識であって、動物的な人間の不死、つまり、その種族、子孫の存続が、自分のうちにひそむ理性の意識の不死の要求を満たすものだと、信じ込もうとする。また、あるものは、まえには存在したこともない生命が、突然、肉体の形をとってあらわれて、それが肉体から消えてなくなったのだから、いずれは、肉体に復活して、ふたたび生きることもあろうと、しきりに信じ込もうとする。しかし、生命を世界にたいする理性の意識の関係として認識しようとしない人々には、いずれにせよ、そんな気やすめなどどうしたって信じることができないのだ。人類がいくらたえずに続いたところで、こうした人々の求めてやまぬ要求——自分というこの特別な自我がいつまでも永久に続いてほしいという要求は、もちろん、満たされるわけがないし、また、新しく始まる生命という観念には、生命の中断という観念がふくまれているうえ、もし生命がまえに存在していなかったとすれば、いつも存在していたものではないとすれば、これからさき存在しつづける保証もないわけで、そんなことはまったくわかりきった道理だからである。

どちらの考えをとってみても、地上の生命は波のようなものだということになる。死んだ物質から自我が生まれ、自我から波の頂上にあたる理性の意識が生まれる。頂上までくると、波、つまり、理性の意識と自我はおとろえて、もとのところまでさがっていって、なくなってしまう。どちらも、人間の生命を目に見えるようなものと、考えているのだ。人間は成長し、成熟しきって、死ぬ。そして、死んでしまえば、もう、あとにはなに一つ期待できない。死んだあとに残したもの——子孫にしても、仕事にしても、とうてい、なんのなぐさめにもなりはしない。自分で自分があわれでならない。自分の生命のたれるのが、恐ろしくてならない。この地上で始まり、この地上で終った自分の生命——肉体にやどったこの自分自身の生命が、ふたたび、よみがえろうとは、とても信じられない。もし自分がもともと存在せず、無からふっとあらわれて、死んでいくものだとすれば、自分——この特別なかけがえのない自分というものは、もう二度と存在しないだろうし、存在するはずもない、ということを人は知っているのだ。人は、自分がふっと生まれてきたようなものではなくて、これまでいつも存在してきたし、いまも、また、これからさきも存在し続けるということを認めるとき、はじめて、自分が死ぬものではないということを知るのである。つまり、自分の生命が波のようなものではなくて、ただこの人生で波のような形をとってあらわれるだけの永遠の運動だと理解するとき、はじめて、自分の不死が信じられるのである。

わたしは死ぬ、わたしの人生は終ってしまうと、こう考えるのは、まず、普通のことだ。そして、こんな考えは、わたしにはやりきれない、いやでたまらない。なによりも自分がいとおしくてならないからだ。しかし、もうすこし考えると疑問が起こる。いったい死んでいくのはなんだろう？　わたしがいとおしんでいるのはなんだろう？　もっとも普通の見方をすれば、いったい、このわたしとはなんだろう？　なによりも、まず、わたしは肉体だ。じゃ、どうなのだ？　そのためにわたしは死がこわいのか、それがいとおしくてならないのか？　もちろん、そんなことはない。肉体、つまり、物質は、そのほんの一部分だって失われることはない。したがって、この点では、わたしはまったく安全だ。この点で、恐れることはすこしもない。すっかり安心してもかまわない。いいや、そうじゃないのだ、とみんなそこでいうだろう、自分がいとおしい、レフ・ニコラーエヴィチという、イワン・セミョーノヴィチという、この自分自身がいとおしいのだと。しかし、どうだろう、どんな人でも、二十年まえの自分とは、すっかり変ってしまっているではないか、日ごと夜ごと、たえず、変っているではないか。だとすれば、いったい、なにをいとおしがることがあるだろう？　いや、とそこでまたみんなはいう、そうじゃない、いとおしいのはそんなものではなくて、自分の意識だ、自我なのだ、それがいとおしいのだと。

しかし、この意識というものにしてみても、いつもおなじ一つのものだったわけではなくて、いろいろに変ってきたじゃないか。一年まえはいまとは違っていた。十年まえはもっともっと違っていた。それよりもまえは、まったく、ぜんぜん違っていたではないか。記憶をざっとたどってみただけでも、意識はたえず変ってきているのだ。それなのに、なんだっていまのこの意識にそうまで未練がましく執着するのだろう？　もしもそれがいつもおなじものだとでもいうのなら、わけもわかるが、そうではなくて、ひっきりなしに変化しつづけているものなのだ。そのはじめを知りもしなければ、見つけることもできないのに、この意識に終りがこなければいい、自分のうちにある意識が永遠に続けばいいなどと、いまさらのようにあわてて思うのだから、おかしい。ものごころついてからというもの、たえずこうやって進んできたではないか。どうしてこの世にやってきたのか自分では知らずに、この世の生命をうけたのだが、しかし、こういう特別な自我を身につけて、生まれてきたのはよく知っているわけではないか。それなのに、すでにもう人生のなかばを過ぎてから、どうしたのかわけもわからず、ふいに、立ちどまってしまって、せいいっぱい足をふんばると、さきのようすの見当がかいもくつかないからなどといって、あとはひと足だって進むまいとしている。ところが、この世にでてくるまえのことにしたって、やっぱり、かいもく見当などつきはしなかったのに、それでも、こうして生まれてきているではないか。入口をちゃんとくぐりながら、出口をくぐろうとはしないのである。

人生は、すべて、肉体の生存という形をとって、進んでいくわけで、生まれて、いそがしく歩きつづけて、ついには、いままでたえず自分でしてきたことが完全におこなわれることになって、肉体の生存を終るわけなのだが、その途中でもって、人生のこうして完成されていくのが、なんだか、急に、痛ましいような気がしてくるのだ。肉体の死にともなう自分の状況の大きな変化が恐ろしいのである。しかし、こうした大きな変化は、もう自分の生まれたときにもちゃんと起こっていることなのだ。しかも、その結果は、いまの状態に執着しているところをみると、悪いどころのさわぎではなくて、たいそう好もしいものだったようではないか。

なににおびえることがあろう？　現在のような感情、思想、世界観をもっているこの自分自身——世界にたいして、いまのような関係をもっているこの自分自身がいとおしい、とでもいうのか。

世界にたいするこうした自分の関係を失うのが恐ろしいというけれど、しかし、いったい、それはどういう関係だろう？　どういうあり方なのだろう？

もしそれが食ったり、飲んだり、子どもをつくったり、家をたてたりといったふうに、なにやかや他人や動物と交渉することによって作られるものだとすれば、こういったものは、すべて、考える動物である人間ならだれしももたぬわけのないこの人生にたいする関係なのだから、そういった関係はけっして消滅するはずがないのである。数百万の人々が、過去から現在にわたって、こうして生活してきたし、これからさきも生活していくだろう。その種族は、物質の分子とおなじことで、しっかりと維持されていくだろう。種の保存ということは、あらゆる動物のうちに深く根をはっている本能であって、したがって、なにがこようとびくともしないほど、強いものだ。きみがもし動物だとすれば、なにも恐れる必要はない。もし物質だとすれば、なおさら恐れることはない。物質の存在は永遠に保証されているからである。

しかし、もしも動物的でないものを失うのがこわいのだとすれば、それは、つまり、この世界にたいする自分の特別な関係——生まれながらに身につけてきた関係を失うのが恐ろしいということになる。しかし、その関係が誕生とともに生じたものでないことは、もう、はっきりしているではないか。それは動物的な自我の誕生とは、まったくなんのかかわりもなしに、存在しているのだから、したがって、死ということとも関係のあろうはずはない。

三三　われわれの目に見えるこの人生は、生命の無限の運動の一部分にすぎない

わたしには、わたしの地上の生活、ほかのすべての人々の地上の生活が、つぎのようなものに見える。

わたしをはじめ、生きているすべての人々は、この世に存在する自分というものが、世界にたいするある一定の関係をもち、ある一定の程度の愛をもっていることに気がつかないではいないのだ。はじめ、われわれは、世界にたいするこの関係といっしょに、われわれの生命が始まったように思うのだが、しかし、自分や他人を見ているうちに、世界にたいするこうした関係や、それぞれの愛の度あいというものが、この人生から始まったものではけっしてなくて、すでに肉体の誕生とともにわれわれの記憶にはなくなってしまった遠い過去から、われわれのもって生まれてきたものだということが、だんだん、わかってくるのである。そればかりか、われわれの生命の流れは、われわれの愛のたえず増大し強まっていく過程にほかならないので、本来、とだえることのけっしてないものなのに、ただわれわれの目には、この流れの行くえが肉体の死を境にしてぜんぜん見えなくなるだけなのだということも、自然、納得されるようになるのである。

われわれの目にうつる人生は、ちょうど、上と下とを切りとられてしまった円錐《えんすい》体のようなものだといえよう。円錐体の頂点と底の部分は、かぎられたわれわれのせまい視野では、とらえられないわけなのである。この不完全な円錐体のいちばんせまい部分は、自分自身というものを意識したそもそものはじめの日のわたしと、世界との関係にあたる。いちばん広い部分は、現在、やっとそこまでわたしのたどりついた関係——人生にたいするもっとも高度な関係にあたる。この円錐体のはじまり——その頂点——は、わたしが生まれたとき、わたしの目にはもう見えなくなってしまっていた。円錐体のさきの部分は、わたしの肉体の死んだあとはもちろんのこと、肉体の生存しているうちも、いっさい、かいもく見当もつかない未来によって、へだてられ、かくされている。わたしは円錐体の頂点も底も見ないのだけれど、しかし、わたしの記憶に残っている過ぎさった人生、つまり、円錐体の中途にあたる部分に照らしてみて、ことの本質ははっきりと知ることができるのである。最初、わたしにはこの円錐体のきれはしがわたしの人生の全体のように思われる。だが、わたしが真実の生命にしだいに目ざめるにつれて、わたしの生活の根本を形づくるものはこの人生のそとにあるのだと、気がつくようになる。つまり、生命のいとなみの深まるにつれて、わたしは目に見えない過去と自分とのつながりをいきいきと感じ始めるようになるのだ。いや、そのうえ、さらに、この生活の根底が未来にもひろがっているとわかって、わたしは、目に見えない未来と自分とのつながりも、いっそういきいきと感じ始める。こうして、目に見える地上のこのわたしの生活は、わたしの生活ぜんたい――いまの人生の限界を越えていて、現在のわたしの意識ではとらえられないけれど、疑いもなく存在している生前、死後までふくむ生活ぜんたいのほんの一部分にすぎないという結論がでてくるのである。したがって、肉体の死によって目に見える生活がたたれてしまうということなど、なにも、死後の生命の存在を疑う理由にはならない。生まれるまえの様子が目には見えなかったからといって、それを理由に、出生まえの生命の存在を否定できはしないのとおなじことだ。わたしがこの世にもって生まれついたもの――わたしのいちばんの本性は、自分のそとの世界にたいする一定の愛なのである。肉体にしばられたわたしの生存は――たとえどんなに短くても長くても――、わたしのもって生まれついたこの愛がしだいに大きくなって、強まっていく過程なのである。だから、わたしは、自分がこの世に生まれるまえにも生きていたと、ためらわず結論する。いまわたしがここにいて、こうして考えているこの瞬間はもとより、肉体の死ぬ以前、以後のどの瞬間をとって考えてみても、やはり、わたしはそれからさきもなお生きつづけるに違いないと、はっきりと結論する。自分以外のほかの人々（生物一般といってもいいが）を観察して、その肉体にしばられた生活の始め終りを見てみると、生存の期間に長い短いの違いがあるのには、だれしもすぐ気がつくだろう。あるものは早くあらわれて長くわたしの目に見えているのに、あるものはおくれてあらわれて、たちまちのうちにわたしの目から消えてしまう。しかし、わたしは、どんな場合にも、そこにおなじ一つの法則——真実の生命の法則のあらわれているのを見る。つまり、生命の光の美しい輝き——増大する愛を目にするのである。しかも、いずれにせよ、おそかれはやかれ、人々のこの世の生命の流れをたちきって、わたしの目からかくしてしまう黒いとばりはおりるのである。つまり、けっきょくのところ、すべての人々の生命に違った点はぜんぜんなにもないわけなのだ。生命にはすべて始めもなければ、終りもないのである。人が、わたしの目に見えるこの生存の条件のうちで、長く生きたとか短く生きたとかいったような違いは、その人の真の生命とはなんのかかわりもない、まったくとるにもたりないことなのだ。わたしの視野のうちをあるものがゆっくりとよぎり、ほかのものが見るまによぎったというようなことで、前者が後者よりも真の生命にとむなどと断定することはできない。はやい話、窓のそとを通っていく人を見かけたような場合、たとえその人がいそいで通ろうが、ゆっくり通ろうが、どのみち、わたしの目にふれるまえも、わたしの目から消えたあとも、おなじように、ちゃんと存在してはいるわけで、そんなことはだれも疑ってみようともしないのである。

しかし、なぜこの人生の行路をあるものはいそいで、あるものはゆっくりと通り過ぎてゆくのだろうか？　いっぽうでは、もうすっかりひからびて、頭もかたくなって、どう見ても、愛の発展完成という生命の法則を実行にうつせそうもない老人が生きているのに、いったいどういうわけで、子どもや、青年や、若い娘や、精神活動の力に満ち満ちている働きざかりの人が、人生にたいする正しい関係を自分の内部にきずきだすかださぬかのうちに、たちまちこの肉体という生存の条件をはなれて、死んでいくのだろうか？　パスカルや、ゴーゴリの死は、まだ納得することもできよう。だが、シェニエや、レールモントフなどのように、将来の円熟と完成の期待されるすぐれた精神活動を始めたばかりというような人たち、そういったいく千とない人たちの死は、いったい、どういうことなのだろうか？

しかし、これははたから見てそう思えるというだけの話なのである。だれしも、他人が生まれながらに身につけている生命の根本や、その内部でおこなわれている生命の運動や、生命の活動をさまたげる障害や、なかでもとくに、目につかぬところに可能性のままひそんでいるその生命の別の条件、場合によってはその人間にまるきり違った生き方をさせたかもしれない条件などのことについては、なに一つ、知りはしないのである。

鍛冶屋《かじや》の仕事を見ていると、われわれには、こしらえている蹄鉄《ていてつ》がもうほとんどできあがっていて、あとはほんのひと打ち、ふた打ちするだけでよさそうに見えるのだけれど、鍛冶屋のほうは、まだまだ焼きのたりないのを知っていて、なおもたたいたり、火のなかに投げ込んだりする。

ひとりの人間のうちに、真の生活の事業が完成されているかどうか、われわれには知ることができないのだ。われわれにそれがわかるのは、ただ自分自身の場合だけである。われわれには、人が死ななくてもいいときに死ぬように思えてならないのだが、そんなばかなことがあるはずはない。人は、自分の幸福のため、どうしても死が必要となる場合に、はじめて死ぬのだ。ちょうど、それは人間が成長して、大人になるのと、おなじような理屈なのである。

それに、実際、われわれがもし生命という言葉で、生命らしいもの、生命に近いもの、生命に似たものではなくて、生命そのものを意味するならば、そして、もし真の生命がいっさいのものの根本であるならば、その根本がそこから生まれてきたものに左右されるはずがない。原因が結果から生まれるわけはないからだ。真の生命の流れが、その現象面の変化によって、そこなわれるわけはないからだ。この世界にこうして続けられている人間の生命の運動が、はれものができたとか、ばい菌がとりついたとか、ピストルでうたれたとかいうぐらいのことで、絶えてしまうはずはないのである。

人が死んでいくのは、この世では真の生活の幸福を、もうこれ以上、増していくことができなくなってしまったからなのであって、肺が悪かったとか、癌ができたとか、ピストルでうたれたとか、爆弾を投げつけられたとかいったようなことが原因となっているのでは、さらさらない。われわれは、普通、肉体にしばられた生活をこうしていとなんでいるのがごく自然なことで、火や、水や、寒さや、稲妻や、病気や、ピストルや、爆弾で死ぬのはまったく不自然なことだと考えているが、しかし、もっと冷静に、別の立場から、人間の生活を考えてみる必要があろう。そうすれば、人間というものが、あの命にもかかわりかねないいたるところうようよしている無数の細菌をはじめ、生きるには都合の悪い条件ばかりのそろっているこうした恐ろしい環境のうちで、肉体にしばられた生活をいとなんでいるということのほうが、むしろ、よっぽど不自然だといえるのではなかろうか。人は死ぬのが自然なのである。したがって、この恐ろしい条件のうちになげだされた肉体の生活は、物質的な意味では、おそろしく不自然不安定なものでしかないわけだ。もしわれわれが生きているとすれば、それはけっして自分の身をしっかりとわれわれが守っているからではなくて、こういったいっさいの条件を克服する真の生命のいとなみが、われわれのうちに、おこなわれているからである。こうしてわれわれが生きているのは、自分自身を守っているためではなくて、われわれが真実の生命のいとなみをはたしているからなのである。この真実の生命のいとなみがこの世で完成するところまで完成してしまえば、たえず消耗していく人間の動物的な生命は、もう、それ以上ぜったいに存続していくことができなくなる。そこで、肉体の活動は死によって終りをつげるのである。こうした肉体の死を説明するのに、われわれは、人間をいつもとりまいている死の原因のうち、たまたま目にふれた手近な一つをあてはめて、すませているだけなのだ。

われわれの真実の生命は存在する。われわれはそれを知っていて、そのあらわれとして、動物的な生命を理解している。だとすれば、動物的な生命と、それを生みだした真実の生命とが、どうして、おなじ永遠の法則によって結ばれていないということがあろうか？

しかし、われわれには、自分の真の生命の原因も作用も、外面的な現象の原因や作用を見るようには、理解することができないのだ。そこで、不安と混乱が起こる。なぜ人間は、ひとりひとり、それぞれ独特の自我を身につけてこの人生を始めるのか、なぜあるものの生命がたたれ、あるものの生命が続くのか、われわれはだれも知らない。われわれは自分にたずねる。――いまあるようなものとして自分が生まれたのは、いったい、どんな原因が生まれるまでにあったからだろう？ また、自分がともかくもこの世の生を終えたあとには、いったい、なにが待っているのだろう？ そして、われわれはこうした問に答えられずに、悲しむのである。

しかし、自分の生まれるまえになにがあったか、死んだあとになにが起こるか、いますぐ知ることができないといって悲しむのは、ちょうど、自分の視力のとどかぬさきが見えないといって、悲しむのとおなじことである。もしわたしが自分の視力の及ばぬさきのさきまで見ることができたとしたら、肝心の自分の視野のうちのものはなにも見えないで、こまったに違いない。実際、わたしの動物的な自我の幸福のためには、自分のまわりのものを見ることが、なによりもいちばん必要なのである。

わたしがものを知るのになくてはならぬ理性についても、おなじことがいえよう。もしわたしが理性の限界のそとにあるものまで認めたとすれば、こんどは、その領域のなかにあるものを認めることができなくなってしまったろう。ところが、わたしの真の生活の幸福のためには、いまここでわたしが自分の動物的な自我をなにに従属させなければならないか、はっきりと知ることがなによりもまず必要なのである。

そして、理性はわたしにそれを教えてくれる。この人生におけるただ一つの真実の道――つきることのない幸福にいたる道をしめしてくれる。

理性は、われわれの生命が生まれたときに始まったのではなくて、そのまえにも存在していたし、いまも、これからさきも存在するものだということを、はっきり教えてくれる。理性のしめすところによれば、われわれの生命の幸福は、この世で、成長し増大していって、やがて、この世のわくのなかにはどうしてもおさまりきらなくなると、そこではじめて、成長のさまたげとなったその条件からはなれて、別のあり方をとるようになるものなのである。

　理性は人間をたった一つの真実の道にたたせてくれる。この道は、しっかりとぐるりをかためた壁のむこうに、円錐形に口をひらいているトンネルのように、永遠の生命と幸福を、まごうかたなく、行くてにしめしているのである。

三四　地上の生活でなめる苦痛のどうにも説明しようのない理不尽さこそ、生命というものがけっしてひとりの人間の誕生に始まり、死に終るだけのものではないことを、なによりも雄弁に証明している

しかし、たとえ人間が死を恐れず、それについてなにも考えずにいられたとしても、どうしてもこの世で人間がなめずにはすまされない恐ろしい苦痛——意味のないなんとしても納得できない理不尽な苦痛というものを考えれば、それだけでもう、たちどころに、人生に与えられたいっさいの合理的な意味はうちこわされてしまうに違いない。

わたしは、実際、他人のためになる有益な仕事にいそしんでいる。ところが、突然、病気がわたしをおそって、仕事の邪魔をし、なんの意味も理由もなしに、わたしをさんざん苦しめる。レールのねじがすっかりさびついて、腐り落ちてしまったちょうどその日に、たまたまそこを通る列車に善良な母親がひとり乗りあわせていて、つれていた子どものおしつぶされるのをその目で見る。リスボンや、ヴェールヌイ（旧ソ連邦カザフスタンの首都アルマアタの革命前の旧称）のような都会のある場所が地震で陥没し、罪のないたくさんの人々が生きうめになって、恐ろしい苦痛にさいなまれながら死んでいく。こうしたことには、いったい、どういう意味が

あるのだろう？　ふいにおそいかかってきて、なんの意味もなく人に苦痛を与える恐ろしい事件が、なんでこう、数かぎりもなく起こるのだろう？

もっともらしい理論的な説明は、まったくのところ、いっこうなんの説明のたしにもなってくれない。こうした現象の理論的説明ときたら、いつもきまって問題の核心となるところをすどおりしてしまうものだから、ことの不可解さをますますはっきりさせるぐらいの役にしかたたない。わたしが病気になったのは、なにかの細菌がとりついたからだとか、子どもが母親の目のまえで汽車におしつぶされたのは、空気中の湿気が鉄に作用したその結果だとか、また、ヴェールヌイが陥没したのは、ある地質学上の法則がそこに働いたためだとか、こうした説明しかしないのである。問題はそんなところにあるのではない。なぜこの人たちがこうした恐ろしい苦痛を受けなければならなかったか、こういった恐ろしい椿事《ちんじ》からまぬがれるには、いったい、わたしはどうすればいいのかという点が、肝心なのだ。

だが、これには答はないのである。反対に、理性は、こうした偶然の出来事にあるものが支配され、あるものが支配されぬというところに、法則などはなにも働いていないし、また、働くはずもないこと、こういったたぐいの出来事は数かぎりもなくあるのだから、どういうてだてをわたしがつくそうが、わたしの生命は、たえず、恐ろしい苦痛をもたらす危険にさらされているのだということを、はっきりと、しめしているのである。

もし人々が、自分の世界観から論理的にわりだされる結論だけに、忠実にしたがうものだとしたら、個人的な生存として自分の人生を理解しているような人たちは、ただのいっときも、生きてはいられなくなるに違いない。はやい話、人をやとうとき、これからやとおうとしている男の目のまえで、いままでの古い使用人をつかまえて、そのなま皮をひんむいたり、腱《けん》をひきぬいたり、生きながらとろ火であぶったり、そのほか、そういったたぐいの恐ろしいことを、なんの原因も理由もなく、いろいろやってみせたうえ、気がむきしだいいつでも、こういったことをする権利が自分にはあることを断言してはばからぬような人間がいるとしたら、そんな主人のところに住みこむ使用人はひとりもいなくなるに決まっていよう。もし人々がこの人生を、かねがね語っているその人生観どおりに、ほんとうに理解しているならば、身辺にいつも目にするばかりか、いつなんどき自分の身にもふりかかってこないともかぎらない、あの説明のしようのない理不尽な数々の苦痛にたいする恐怖を感じるだけで、もう、だれひとりとして、この世に生きていようとはしなくなるだろう。

しかも、人々は、こうした無意味で残酷な苦痛に満ちた人生から逃れる方法――いろいろなたやすい手ごろな自殺の方法をよく知っているくせに、それでもやっぱり、生きている。痛いめにあうたびに、泣きごとをいったり、不平をうったえたりするけれども、あいかわらず生きている。

こうしたことが起きるのは、この人生には、苦痛よりもはるかに快楽のほうが多いからだなどと、いうことはできまい。なぜならば、第一にまず、ただのあて推量などではなくて、人生の哲学的研究が、この地上の生活は、いずれにせよ、快楽などではとうていつぐなわれないような苦痛の連続にほかならないと、はっきりと教えているからだ。第二に、死ぬまでたえず強まっていくばかりで、軽くなりっこない、苦痛の連続としか考えられぬこんな状態におかれた人々が、それでも、自殺もせず、生命に執着している事実を、自分や他人の例に照らして、われわれがみんなよく知っているからだ。

この奇怪な矛盾を納得のいくように説きあかす説明は、ただ一つ、すべての人々が、自分たちの人生の幸福のため、いっさいの苦痛はいつも必要なもの、なくてはならぬものと、心の奥底ではさとっているのだと、こう考えることにしかない。それだからこそ、そうした苦痛の危険を知り、事実、苦痛にさいなまれながらも、人は生きているのである。もっとも、普通、人々は自分ひとりの幸福だけを求めるまちがった人生観にとらわれているから、目に見えた幸福をもたらさぬばかりか、破壊するようなものには、当然、不安と不快を感じるので、そのため、表面、苦痛をいとい苦痛に反撥《はんぱつ》するという現象が見られるわけなのだ。

こうして、人々は苦痛を恐れ、苦痛にあうと、なにかまるで思いもかけないわけのわからぬものにでくわしでもしたように、びっくりするのだが、しかし、人はみなこの苦痛にはぐくまれて、成長するものなのである。人の生涯は苦痛の連続で、苦痛だったら、いやというほど自分でも味わい、他人にもなめさせているはずなのだ。だから、もういいかげん苦痛にもなれて、苦痛を恐れたり、なぜなんのために苦痛はあるのかなどとたずねたりしなくなっても、よさそうに思われる。どんな人でもちょっと考えればわかることだが、自分の快楽というものは、すべて、他人の苦痛によってあがなわれているのだ。自分の苦痛というものは、ほかでもない、すべて自分の快楽のために必要とされるのだ。苦痛がなければ、快楽もない。つまり、すこし考えさえすれば、苦痛と快楽は、きりはなして別々に考えられぬほど、たがいに密接な関係をもった正反対の二つの状態だということが、わかるのである。では、理性をもった人の自問する問題——なぜなんのために苦痛があるかという問題は、いったい、どういう意味があるのだろう？　苦痛が快楽と結びついていることを知る人が、また、どういうわけで、苦痛はなぜなんのためにあるかと問いかけながら、快楽はなぜなんのためにあるかとたずねないのだろう？

動物や、動物としての人間生活は、いずれにせよすべて、たえまない苦痛の連続である。動物の活動、動物としての人間の活動は、ことごとく、苦痛によってよび起こされているにすぎない。苦痛は病的ないとわしい感覚だが、それがかえって活動力をよびさまし、この病的な感覚をなくして、ここちよい状態を生みだすものとなっている。動物の生活も、動物としての人間の生活も、苦痛によってそこなわれないばかりか、むしろ、苦痛のあるおかげで、どうやらもっているようなものである。したがって、苦痛は人生を前進させる原動力にほかならないのだから、どうしてもなくてはならないものなのだ。だとすれば、苦痛はなぜなんのためにあるのかなどと問うときに、いったい、なにをその人はたずねるつもりでいるのだろう？

動物はそんなことはたずねはしない。

飢えたスズキがウグイを苦しめたり、クモがハエを苦しめたり、オオカミがヒツジを苦しめたりする場合、そうした動物は、みなそれぞれに、当然しなければならないことをしているまでのことだと思っているに違いない。だから、こんどは、スズキや、クモや、オオカミがほかのもっと強い動物から逆にそういった苦しいめにあわされた場合には、スズキにしろ、クモにしろ、オオカミにしろ、逃げたり、反抗したり、身をかばったりはするだろうが、しかし、それも、別に、自分の身のうえにいま起こっていることが不当なことだ、不自然なことだなどと思ってしているわけではない、しかたがなくてしていることだから、すべて、なるようにしてなったことと観念して、疑い一つもちはしないのである。

しかし、戦場でひとの足を切りおとしたかわりに、自分も足を切りとられて、その治療に専念している人間とか、直接にしろ間接にしろひとを牢獄《ろうごく》にとじこめて苦しめたことがあるくせに、いざ自分が独房に入れられるだんになると、できるだけうまいことをして、そのあいだ楽にすごそうとしてかかる人間とか、いままでに数知れぬ動物を自分の手できって、さんざん食べていたくせに、自分がオオカミにかみさかれそうになると、なんとかその牙《きば》から身をまもって、うまく逃れようとしか考えない人間とか、——そういったたぐいの人間は、自分の身にふりかかってきたこういうすべてのことが、当然起こらなければならないことだったとは、どうしても認めることができないのだ。なぜことの当然のなりゆきを認めることができないかというと、こういった苦しいめにあっても、なお、こうした人は自分のしなければならなかったことをなに一つしようともせずに、すませてしまうからなのである。当然しなければならないことをぜんぜんなにもしないので、自分の身にふりかかってきたことが、まるで不当なこと、不自然なことのように思われるのである。

しかし、オオカミにかみさかれそうになった人間は、オオカミから逃れて身をまもるほかに、いったい、なにをしなければならないのだろう？　いやしくも理性的存在である人間の名にそむかぬだけのことは、しなければならないだろう。つまり、苦痛をまねくもととなった罪を認め、懺悔《ざんげ》して、真理をしっかりとつかまなければならないのである。

動物はただこの現在の瞬間において苦しむだけだから、したがって、苦痛によってひき起こされる活動は、現在の自分自身のことにむけられれば、もうそれでじゅうぶんなのだ。しかし、人間は現在において苦しむばかりではなく、過去においても、未来においても苦しむものなのだから、人間の苦痛によってよびさまされる活動が、もしも動物としての人間の現在の要求ばかりにむけられていたとすれば、とうてい、人を満足させることはできないのである。苦痛の原因にも結果にもむけられ、過去にも未来にもむけられた活動だけが、苦しんでいる人間を満足させることのできるものなのである。

動物は、とじこめられれば檻《おり》を破って逃げようとするし、足に怪我をすれば痛むところをなめるし、また、ほかの動物に食われそうになればなんとかして逃れようとする。その生活の法則はそとからおかされるので、動物の活動は、もっぱらその回復に集中され、当然おこなわれなければならないことを実現するわけなのである。しかし、人間は、わたしにしても、わたしの近しい人にしてもそうだが、牢にとじこめられるとか、戦場で足をとられるとか、オオカミに食いさかれそうになるとかした場合、わたしのそのときの活動が牢を破ったり、足を治療したり、オオカミから身をもって逃れたりするというだけのことでは、けっして、満足できないのである。なぜならば、牢にとじこめられたり、足が痛んだり、オオカミに食いさかれそうになったりしたことは、それこそ、わたしの苦痛のほんの一部分にしかすぎず、わたしの苦痛の真の原因は過去のうちに、わたしや他人の誤ちのうちにあるからである。だから、もしわたしの活動が苦痛の原因に——誤ちそのものにむけられないなら、つまり、わたしが誤ちからぬけだすようにつとめず、当然しなければならないことをしないで、その苦痛を不当なもののように考えるならば、現実ばかりか、想像のうちでも、苦痛は恐ろしい大きさにふくれあがって、それこそ、もう生きていくことさえできなくなってしまうに違いない。

動物の苦痛の原因は、その生活の法則をおかされるというところにある。そこから痛みの意識が生まれ、その痛みをとりのぞくために、活動が起こされる。ところが、理性の意識をもった人間にとっては、苦痛の原因は、理性の意識に支配された生活の法則がおかされることとなのだ。そこから誤ちの意識と罪の意識が生まれ、この誤ちと罪をとりのぞくために、活動が起こされるのである。つまり、動物の苦痛がただその痛みをいやすような活動だけをよび起こして、それによって、なやましい苦痛を克服していくのとおなじように、理性をもった人間の苦痛は、もっぱらその誤ちをためなおす活動をよび起こして、それによって、なやましい苦痛を克服するのである。

苦痛をあじわうか、あじわわぬまでも心に思いえがくとき、よく、なぜ？　なんのため？　という疑問を人はいだくが、それは、けっきょく、その人が苦痛によってよび起こされる活動、つまり、そうしたなやましい苦痛をなくしてしまう活動について、なんの認識ももっていないからのことにすぎない。また、実際動物的な生存を人生とみなしているような人には、苦痛を克服するこういった人間らしい活動など起こりようがないわけだ。自分の人生についてこんなふうなせまい理解のしかたをすればするほど、苦痛にたいする反応のしかたも、ますます、単純な動物じみたものにならないわけにはいかなくなるのである。

人生を個人的な生存とみなしている人が、自分のこの苦痛の原因は自分ひとりの誤ちにあったと認めるとき、つまり、病気になったのも毒になるものを自分が食べたからだとか、人にぶたれたのも自分からこのんで喧嘩《けんか》を売ったからだとか、飢えに苦しめられているのも自分に働く気がなかったからだとか、自分で自分によく納得のいった場合、そういった人は、してはならないことをしたばかりに苦しむという、そこの理屈がはっきりのみこめたわけだから、将来おなじようなまちがいを二度とくり返さないために、自分の活動をおおもとの誤ちをなくすという一つの目的に集中して、苦痛にさからおうとしないばかりか、むしろ心静かに、いや、ときには喜んで苦痛にたえるのである。しかし、こうした人も、誤ちとのつながりようをたやすくはたどれないような苦痛にみまわれた場合、たとえば、いつもは自分の活動とはなんのかかわりもなかったような原因によって苦しめられるとか、その苦痛の結果が、自分にとっても、またほかのだれにとっても、なんのためにもなりそうもないとかいったふうの場合、なにか実に不当な苦痛をうけているような気がして、なぜ？　とか、なんのため？　とか自問することになるのである。そして、自分の活動を集中させる対象が見つからぬままに、苦痛にさからうから、その苦痛はますます恐ろしいものとなるのである。しかも、人間の苦痛というものはそのほとんどが、いつも、こういったたぐいのもので、遺伝的な病気や、悲惨な突発事件や、凶作や、交通事故や、火事や、地震や、その他、やはりどうように死を約束するさまざまな不幸をもちだすまでもなく、その原因か、結果が（ときには両方とも）、空間時間にしばられたわれわれの目からはかくされているのである。

　こういったたぐいの苦痛が、のちの世の人々のための戒めとして、つまり、子孫に病気を残す恐れのあるいまわしい情欲に負けてはならないとか、もっと立派な汽車をつくらなければいけないとか、火のとりあつかいには注意しなければならぬとかいった教訓として、なくてはかなわぬものだなどという説明は、この問題にたいするなんの解答にもならない。わたしは自分の人生の意義が、他人の不注意の点を身をもって説きあかしてみせるところにあるなどとは、どうしても認めることができない。わたしの人生は、わたしなりに幸福を求めてやまぬわたし自身の生活なのであって、他人の人生のための生きた手びきでもなんでもないのだ。こういったような説明は、まったくのところ、話のたねぐらいにはなるかもしれないが、わたしをおびやかして生きる力さえうばってしまう苦痛の無意味さ、理不尽さにたいする恐怖をかるくしてはくれないのである。

　しかし、わたしが自分の誤ちによって他人を苦しめるいっぽう、自分でも他人の誤ちのおかげで苦しむのだということを、たとえどうにか理解することができたとしても、またそれに、いっさいの苦痛が、この人生のうちで、人々のあらためなければならない誤ちをしめすものだということを、おなじように、おぼろげながらでも理解できたとしても、それでもやはり無数の苦痛はどうにも説明のつかないまま残されるに違いない。たとえば、ひとりの人が森のなかでオオカミにひきさかれるとか、水におぼれるとか、こごえるとか、焼け死ぬとか、または、たったひとりきりで病気にかかって死んでしまうとかして、恐ろしい苦しみをなめているのに、そんなことはだれひとりとして知らないで、そのままになってしまう。これに似たようなことはいくらでもあるだろう。実際こういったことが、だれかのためになにかすこしでも役にたつのだろうか？

自分の人生を動物的な生存とみている人には、こういった問題について、なんの説明もできないし、また、できるはずもない。なぜなら、こうした人にとって、苦痛と誤ちとのつながりはただ自分の目に見える現象のうちにあるだけなので、臨終の苦しみにたえなければならぬような場合になると、その心の目には、そういうつながりなどもうまるきり見えなくなってしまう始末だからである。

人間には生きる道は二つある。つまり、苦痛と自分の生活とのあいだにつながりを認めず、自分のうける苦痛の大部分を、なんの意味もないせめ苦として、たえしのんでいくか、あるいは、しょせん罪つくりの結果をまねくことにしかならない自分の行為と、誤ちが自分のいっさいの苦痛の原因なのだと認め、こうした苦痛も、けっきょくは、自分や他人のおかしたいろいろの罪の救いともなれば、つぐないともなるのだからとさとるか、どちらかである。

苦痛にたいしては、こうした二つの態度だけが可能なのだ。一つは、外面的な意義が認められないから、苦痛は不当だとする態度、もう一つは、真の生活の実現に役だつ内面的な意義をそこに認めて、苦痛を当然のものとして受けいれる態度である。第一の態度は、自分ひとりだけの生活の幸福を幸福として認めるところから、生まれる。もう一つの態度は、自分以外のいっさいのものの幸福としっかりと結びついている自分の生活——それも過去から未来にわたる自分の生活ぜんたいの幸福を幸福と考えるところから、生まれてくる。最初の見解によれば、苦痛はどうにも説明できないもので、たえずふくれあがってどうにも鎮めようもない絶望と憤懣《ふんまん》の思いのほかには、なんの活動もよび起こさない。もう一つの見解によれば、苦痛は真の生命の運動——罪を意識し、その誤ちを克服して、理性の法則にしたがうという真の生命の活動をよびさます。

人間は、たとえ理性をもちえぬとしても、その苦痛のなやましさを実感するだけで、自分の生活が自分ひとりの個人的なわくにおさまりきれるようなものではないこと、こうした個人的なものは自分の生活ぜんたいの目に見える一部にすぎないこと、自分の個人的な生活にあらわれる行為と原因の外面的な目につきやすいつながりが、理性の意識によって人間にたえずしめされているその内面的なつながりとは、一致しないことを、どうでも認めないわけにはいかなくなるのである。

動物の場合には、空間と時間という条件のうちにあって、はじめて、認められる誤ちと苦痛とのつながりも、人間の場合は、いつどんなときでも、たとえ空間と時間の条件のそとにあるときでも、はっきりと意識されるのだ。たとえどのような苦痛にしろ、人間はいつもそれを自分の罪の結果とみて、その罪を悔いあらためることが、とりもなおさず、苦痛をなくし、幸福を手に入れるみちだと認めている。

人間の生活は、ごく幼いときから、こうしてただ苦痛をとおして罪を意識し、その誤ちを正すことによって、なりたってきたのである。わたしは、自分が真理の知識を身につけてこの世に生まれてきたことを知っている。また、自分のうちに誤ちが多ければ多いほど、わたしやほかの人たちの苦痛も多くなること、わたしが自分の誤ちを正せば正すほど、わたしやほかの人たちの苦痛が少なくなり、わたしの手に入れる幸福は大きくなることを知っている。したがって、わたしは、自分がこの世からもちさる真理の知識、よしんばそれが臨終の最後の苦痛をわたしに与えずにはおかぬものだったとしても、この真理の知識が大きければ大きいほど、わたしの手にする幸福もますます大きなものになるのをよく知っているのである。

反対に、苦痛のなやましさを経験するのは、自分自身を世界ぜんたいの生活からきりはなしたうえ、この世の苦痛のもととなっている自分の罪を認めず、自分を罪のないものと考えている人間、そのため、また、この世の罪のために、自分のたえしのばなければならない苦痛にも、いたずらにさからってばかりいる人間だけなのである。

それに、また、おどろいたことには、理性によってこうしてはっきりと認められていることが、人生のただ一つの真実の活動――愛によっても、裏づけられているのだ。理性は、自分の罪や苦痛と、この世の罪や苦痛とのあいだにあるつながりを認めさえすれば、なやましい苦痛からまぬがれられるといっているが、愛はその正しさを実際に証明しているのである。

人の生活の半分は、たいてい、苦痛のうちに過ぎてゆくものだけれど、人はその苦痛を苦痛とせず、むしろ幸福と感じることのほうが多い。なぜなら、そうした苦痛は誤ちの結果であると同時に、愛する人たちの苦痛をかるくする手段でもあるからだ。だから、愛が少なければ少ないほど、人の受ける苦痛は大きくなり、愛が多ければ多いほど、苦痛は小さくなるのである。したがって、いっさいの活動が愛に満たされているような完全に理性にかなった生活には、苦痛などというものは、ぜんぜんありえないのだ。苦痛のなやましさというのは、ほかでもない、祖先や子孫や同時代の人によせる愛――ひとりの人間の生命を世界じゅうの生命に結びつける愛、この愛のくさりをたち切ろうとするとき、人々が味わわずにはいない痛みなのである。

三五　肉体の苦痛は、人々の生活と幸福のために、なくてはならない一つの条件である

「しかし、とにかく痛い。こんな痛みが、肉体の痛みがいったいなんのためにあるのだろう？」と人々はたずねる。

「なんのためって、それがわれわれには必要だからだ。いや、それどころか、そういった痛みがなければ、とても生きていくことができないからだ」われわれに痛みを感じさせはしたが、できるだけ痛みを少なくして、この「痛み」から生まれる幸福のほうをできるかぎり大きくした人なら、きっと、こう答えるに違いない。

実際、いまさらいうまでもなかろうが、痛みにたいするわれわれの恐ろしい敏感さというものは、自分の肉体を保存し、動物的な生活を続けるうえで、なによりも重要な一つの手段なのであって、それがなければ、われわれはみんな、子どものころに、面白半分に自分のからだを焼いたり、切りきざんだりしてしまっただろう。肉体の痛みは動物としてのひとりひとりの人間を保護するものなのである。こうして、痛みが人間を保護する役にたっているうちは、ちょうど赤ん坊がそうなように、この痛みはけっして恐ろしい苦痛とはならないのだ。人間の理性の意識が成熟してきて、痛みをなにか不当なもののように考え、

それにさからうようになってから、はじめて、痛みは、われわれの感じるように、まったく恐ろしい苦痛となってくるのだ。動物の場合にしろ、赤ん坊の場合にしろ、痛みはごくごく小さなかぎられたものなので、理性の意識をそなえたものの感じるようなあんな苦痛は、けっして感じることはないのである。われわれのよく見ることだが、赤ん坊は、ときどき、ノミに食われたことぐらいで、まるで内臓がやぶれでもしたように、いたいたしげな泣きようをすることがある。それでも、理性をもたない生物の痛みは、その記憶に、あとかた一つ残すわけではない。どんな人にしても、子どものころの痛みのつらさ、苦しさを、いくら思いだそうとしてみたところで、思いだせはしないだろう。いや、それどころか、その痛みを想像してみることさえできないのに、気がつくだろう。ところが、子どもや、動物の苦しむさまをまのあたりに見たときの印象というと、あまりにもなまなましくいたいたしいから、とうの子どもや動物の苦痛よりも、それを見るわれわれ自身の苦痛のほうがむしろ大きくなるくらいだ。理性をもたない生物のおもてにあらわす苦しみようというものは、その実際の苦痛よりも、はるかに大きく見えるものだから、普通よりもずっとわれわれの同情をひくことになるのである。これとおなじようなことは、脳の病気や、熱病や、チフスや、あらゆる臨終の苦痛の場合にも、いえる。

理性の意識がまだ目ざめず、痛みがもっぱら個人の存在を保護するのに役だっている時期には、痛みはいっこう苦痛ではないのだが、理性の意識が人間のうちに働く時期になると、こんどは、それは動物的な自我を理性に従属させる手段となるのであって、痛みからくる恐ろしい苦しみも、この意識の成長につれて、しだいに苦しみではなくなってくるのである。

実際のところ、われわれは、理性の意識を完全に身につけるようになって、はじめて、苦痛について語ることもできるわけなのだ。なぜならば、そのとき、はじめて、生活が――苦痛とわれわれのよぶ生活の状態が始まるからである。こうした状態にあっては、痛みの感覚は、いくらでも、大きくすることもできれば、小さくすることもできる。実際、感覚には限界があるので、痛みが限界ぎりぎりのところまでくると、感覚の働きがとまってしまって、気絶したり、知覚がなくなったり、熱にうかされたようになったりするか、もしくは、死がやってくるわけなので、こんなことは、生理学を研究するまでもなく、だれもが知っていることだろう。したがって、痛みの増大ということには、きっかりと決められた一定のわくがあって、その限界をこえるようなことはけっしてないわけなのである。しかし、痛みの感覚というものは、われわれのそれにたいするかかわりようによって、いくらでも大きくすることもできれば、またどうように、いくらでも小さくすることもできるのだ。

われわれはみな、人間が痛みにたえしのび、痛みを当然のことと認めることによって、痛みをぜんぜん感じなくなるばかりか、それにたえることに、むしろ、喜びさえ感じるようになるのを知っている。殉教者たちのことや、火あぶりになっても歌をうたっていたというフスのことはさておくとしても、ただのごく普通の人たちが、勇気を見せたいばかりに、声もあげず、ふるえもしないで、もっともつらいとされている手術にたえているではないか。痛みの増大には限界があるが、その感覚の縮小には限界はないのである。

痛みのせめ苦は、自分の人生を肉体的な生存と考えている人々には、たしかに恐ろしい。実際、苦痛のなやましさをなくすために人間に与えられている理性の力が、苦痛をまさせるようなことばかりに発揮される場合、どうして痛みが恐ろしいものとならずにいよう？

神は、はじめ、人間の寿命を七十年とさだめたが、それが人間にはかえってよくなかったので、いまのようにあらためて、死ぬときのわからぬようにしたのだという神話が、プラトンにあるけれども、ちょうどそれとおなじように、人間ははじめ痛みの感覚などないようにつくられていたのだが、その後、人間の幸福のために、いまのような具合に変ったのだという神話があっても、いっこうおかしくはないし、不都合でもないに違いない。

もしも神が痛みの感覚のないように人間を作っていたならば、じきに人間はそうした痛みの感覚をさずけてくれと、ねがうようになったに違いない。生みの苦しみがなかったなら、女がいくら子どもを生んでも、ぶじに生きのこる子どもはきっといくらもなかったろう。子どもや、若ものは自分のからだをどこもかしこもすっかりめちゃめちゃにしてしまっただろうし、大人は大人で、むかし生きていたもの、いま生きている自分以外のものの誤ちはおろか、いちばん肝心な自分自身の誤ちも知ることができなかったろう。いや、それどころか、この人生でなにをしなければならないかという見当さえつかず、理性に照らして納得のいく行動の目的ももたぬまま、目のまえにたちふさがる肉体の死という観念とはついに融和することができなかったろうから、自然、愛のこころももてずじまいで終ったに違いない。

自分の人生を理性の法則にたいする自我の従属と理解している人にとっては、痛みは悪いものどころか、むしろ、自分の動物的な自我にとっても、また、理性にかなった生活にとっても、なくてはならない条件の一つなのである。もしも痛みがなかったならば、動物的な自我はその法則からはずれたときの指針をもたぬことになるだろうし、また、理性の意識がもしも苦痛を経験しなければ、人間はきっと真理も知らず、自分の生活の法則も知らずにすますことになるだろう。

しかしと、ここらで反対の声があがるかもしれない。そんなことをいって、問題にするのは、けっきょく、自分自身の苦痛のことばかりで、他人の苦痛には知らぬ顔をきめこむのではないか？　ひとの苦しむのを見ることほど、せつなく苦しいことはないのにと、こうした人々は、いくぶんふまじめな調子で、こんなようなことをいうだろう。

他人の苦痛？　しかし、きみたちが苦痛とよんでいるもの、つまり、この他人の苦痛は、いままでもいつも続いてきたし、いまも続いている。人間や動物の世界は、すべて、苦しみに満ちていて、その苦しみはやむときがなかったのだ。そんなことをわれわれがきょうはじめて聞いたばかりだとでもいうのだろうか？　負傷とか、身体の障害とか、飢えとか、寒さとか、病気とか、いっさいの不幸な偶然の出来事や、とりわけ、われわれをこの世に送りだすきっかけとなった出産は、すべてみな、生存のために欠くことのできない条件なのである。こうしたことは、けっきょく、ひとの苦痛をへらし、ひとを助けるという理性にかなった人間生活の内容となるものにほかならないから、人生の真の活動は、すべて、そこに集中されるわけである。個人の苦痛や、人の誤ちを理解して、それを少なくするために活動することこそ、人生の唯一の生活にほかならないのだ。実際、わたし、つまり、ひとりの人間が個人的な存在であるというのは、自分以外のほかの個人的な存在の苦痛を理解するため、また、理性の意識を身につけているのは、ひとりひとり別々の個人の苦痛のうちに、苦痛、つまり、誤ちの一般的な原因を認め、それを自分や他人のうちからなくしてしまうためなのである。労働者にとって、仕事の材料が苦痛になるなどということがはたしてあるものだろうか？　それは、ちょうど、耕されていない土地が苦痛になってやりきれないなどと、農民がいうのとおなじことだ。耕されない土地が苦痛のたねとなるのは、よく耕された土地を見るのはすきだが、それを耕すことは自分の仕事と考えないような人の場合だけである。

苦しんでいるものにたいする直接の愛の奉仕と、苦痛、つまり、誤ちの一般的原因をなくすことに集中される活動は、人のすぐにも手をつけなければならぬたった一つの仕事——人生を充実させる不滅の幸福を人に与えるよろこばしい仕事なのである。

人間にとって苦痛となるものはただ一つしかない。それは、幸福になる道をたった一つだけ約束している生活に、いやもおうもなく、身をゆだねなければならないということだ。

この苦痛は、自分自身と世界ぜんたいの罪ふかさを意識するこころと、それから、自分の生活や世界ぜんたいの生活のうちに、真理を、ほかのだれでもないこの自分自身の手で、実現するという可能性ばかりか、義務があるのだと意識するこころと、矛盾相剋《そうこく》するところから生まれる。この苦痛をいやすことは、世界の罪に加担して、自分の罪をいくら見まいとしたところで、とてもできるものではないし、また、この自分自身の手で、自分の生活はもとより、世界ぜんたいの生活に真理を実現するなどという義務も、可能性もまったく信じないようにしてみたところで、なおのことできるわけがない。最初の生き方は、ただもう苦痛をますばかりだし、もう一つの生き方は、生きる力をすっかりうばってしまう。こうした苦痛をいやすのは、人のよく認識している目的と、個人的な生活とのあいだのふつりあいをなくす真実の生活の意識、活動だけなのである。いやがおうでも、人間は、自分の生活というものが、生まれて死んでいくこの肉体をもった自分ひとりのせまい自我のうちだけに、とどまるものではないと、認めないわけにはいかなくなるのだ。そして、自分のこころにとめる目的を実現する努力に、自分の罪ふかさをいっそう身にしみて意識することに、自分と世界の生活を照らすすあらゆる真理の光をいよいよ輝かすことに、世界ぜんたいの生活ときりはなすことのできない自分の人生の事業が、いまも、いままでも、また、これからも、いつもかかっているのだということを、認めなければならなくなるのである。

人間は、たとえ理性の意識によらなくても、人生の意味をめぐる迷いからきた苦痛にせめさいなまれるだけでも、この人生にたった一つ約束されているなんの障害もなければ、不幸もない真実の道——なにものにもそこなわれず、始めもなければ、けっして終りもない、たえず大きくなる幸福だけの待ちうける真実の道に、けっきょくは、いやがおうでも、かりたてられていくわけなのである。

むすび

人間の生活は幸福を求めてやまぬ強い欲求によってつらぬかれているわけだが、こうして人間のひたすらもとめるものは、けっきょく、与えられずにはいないのである。

死や苦痛という形であらわれる不幸も、人が肉体にしばられた動物的な生存の法則を、自分の生命の法則と、誤って考えるときだけに、人の目にうつるものにすぎない。

人が、人間であるのを忘れて、動物の水準にまで身をおとしたようなときだけ、死や苦痛はその目のまえにあらわれるのだ。そして、死や苦痛は、恐ろしい姿で、四方八方から人をかりたて、人生にただ一つひらけている真実の道――理性の法則にかなった愛の道に追いやるのである。死と苦痛は、人間がその生命の法則にそむいたしるしにほかならない。この法則にのっとって生きている人には、死もなければ、苦痛もないのである。

「すべて重荷を負うて苦しんでいるものは、わたしのもとに来るがいい。きみたちを休ませてあげよう。わたしは柔和な心のへりくだったものなのだから、このわたしに見ならって、わたしのくびきを身に負うがいい。そうすれば、きみたちの魂にやすらぎが与えられよう。わたしのくびきは負いやすく、わたしの荷は軽いのだから」(マタイによる福音書一一章二八―三〇節)

人間の生活は幸福を求めてやまぬ強い欲求によってつらぬかれているばかりか、こうして人の求めるものは、かならず、与えられずにはいないのだ。けっして死に終ることのない生命と、不幸に終らない幸福がそれである。

つけたりの一

普通よくいわれることだが、生命を研究するにあたって、われわれは、自分自身の生命の意識を手がかりとはせず、一般に自分のそとにあるものを手がかりに研究を進めるのだという。しかし、これは、ちょうど、われわれがものを見るのは、目で見るのではなくて、自分のそとにあるもので見るのだ、などと主張するようなものではないか。

われわれが自分のそとにあるものでものを見るのは、われわれがものを自分の目のうちに見ているからなのだ。それとおなじことで、われわれは生命を自分のうちで知っているからこそ、それを自分のそとでも知るわけなのである。われわれは、自分の目に見えるようにしか、ものを見ない。われわれは、自分自身のうちの生命を、幸福にたいする強い欲求として、知っているので、したがって、そのとおり幸福にたいする欲求として定義するのでなければ、生命を知ることはおろか、観察することもできないのである。

われわれが生物を認識するうえで、まずいちばんに重要なことは、一つの生物という観念のうちに、われわれが、たくさんのいろいろなものをふくめさせて、そのうえで、この一つの生物をほかのいっさいの生物から区別することだ。こうした認識の働き方は、すべて、われわれの人生観にもとづいている。つまり、世界ぜんたいから独立した自分自身の幸福を求める欲求というふうに、われわれの意識している生命の定義に、もとづくものなのである。

馬にのっている人が多数の生物でもなければ、一つの生物でもないと、われわれのこころえているのは、なにもわれわれが人と馬からなりたっているすべての部分をいちいち観察するからではなくて、人やら馬の頭とか、足とかいったいろいろの部分部分に、われわれが自分のうちでよく知っているような、幸福を求める、それぞれの独自な欲求を見ないからだ。しかも、この幸福を求めてやまぬ独自の欲求が、われわれのうちではただ一つだったのに、そこには二つあるのが認められるから、馬にのっている人は、一つの生物ではなくて、二つの別の生物だということが、わかるのである。

こうした方法をとって、われわれは、はじめて、馬と乗り手とのうちに別の生命のあること、馬の群れのうちにもそれぞれ生命のあること、鳥のうちにも、昆虫のうちにも、木のうちにも、草のうちにも、おのおの違った生命のあることを知るわけなのである。もしもわれわれがこの方法を知らなかったとしたら、つまり、馬は馬の幸福を望み、人間は人間にふさわしい幸福を望んでいるばかりか、馬の群れのうちでも、一ぴき一ぴきがそれぞれそうおうの幸福を望んでいること、いや、鳥やテントウムシや木や草のはてにいたるまで、おのおの、独自の幸福を望んでいるのだということを、もしも知らなかったとしたら、われわれはそうした生物にいっさい区別をつけなかったろうし、また、区別のつけようがないということになれば、生物を理解することなぞ、ぜんぜんできなかったに違いない。そうなれば、騎兵の連隊も、家畜の群れも、鳥も、昆虫も、植物も、いっさいのものが海の波のようなものになってしまって、われわれから見ると、世界ぜんたいが、まるで生命などの見わけようのない、単調な一つの運動のうちにとけこんでしまうことになるだろう。

もしわたしが馬や、犬や、犬にたかるダニが生物だと知っていて、そのそれぞれを観察できるとすれば、それは、けっきょく、馬や犬やダニがそれぞれに自分にかなった幸福を求めるという、違った目的をもっているからにほかならない。つまり、こうしたことをわたしが知るというのも、わたし自身、自分にふさわしい幸福をおなじようにしてひたすら求めているのを、よく自覚しているからなのである。

生命にかんするいっさいの認識の基礎となるのは、幸福を求めてやまぬこの欲求なのだ。人間の自分自身のうちに感じる幸福にたいする欲求が生命であり、生命のあらわれであるという認識がなければ、生命の研究もまったく不可能なら、生命の観察もぜんぜん不可能である。したがって、生命の観察は、生命についてはっきりした観念をあらかじめちゃんともってから、はじめて、おこなわれるものなのだ。生命の現象ばかりいくら観察したところで、まちがった科学の考えているように、生命そのものを定義づけることなど、けっしてできはしないのである。

人々は、自分の意識のうちにはっきりと認められる幸福にたいする欲求として、生命を定義しようとはせず、ダニのうちにこうした欲求をさぐったうえ、ダニの欲求などという、ただの推測だけでなんの根拠もない知識をよりどころにして、生命そのものの本質にせまり、結論までくだす気になっているのである。

自分のそとの生命にかんするわたしのいっさいの知識は、すべて、幸福を求めるわたし自身の欲求の意識にもとづいているものなのだ。したがって、わたしは、自分の幸福と生命のあり方を知ることによって、はじめて他の生物の幸福と生命のあり方も理解できるようになるのである。自分自身を知らずに、ほかの生物の幸福と生命とを知ることなど、できる道理がないのである。

わたしの身うちに感じている幸福の欲求と似てはいるが、それとはまた違った生活の目的――わたしにはよくわからない独自の目的に生きているほかの生物を、しっかりしたよりどころもなしに、いくら観察してみたところで、なにもうるところがないばかりか、むしろ、わたしの目をくもらして、生命の真実の知識をゆがめる役にしかたたないだろう。

まったく、自分自身の生命を定義づけることもできないで、ほかの生物のうちの生命を研究しようなどというのは、ちょうど、中心もおかずに、円をえがこうというようなものである。一点に中心を定めるからこそ、円になる。ほかの形はともかく、円だけは、中心がなければ、えがくことはできないだろう。

つけたりの二

まちがった科学は、生命にともなう現象を研究しながら、そのくせ、ほんとうに生命そのものを研究しているようなつもりになっているから、そのために、生命という観念をひどくゆがめてしまっている。したがって、このいわゆる生命、実は生命の現象を、時間をかけて、研究すればするほど、まちがった科学は、そのきわめつくそうとしている肝心の生命の観念からは、ますます遠ざかっていくいっぽうなのである。

はじめに、哺乳《ほにゅう》動物が研究され、ついで、ほかの脊椎《せきつい》動物、魚類、植物、サンゴ虫、細胞、微生物へと研究が進み、ついには、生物と無生物との区別、有機物と無機物とのけじめ、一つの有機体とほかの有機体の違いさえあいまいになってしまうところまで、こうした研究は細分化していく。とどのつまりは、研究と観察のもっとも重要な対象として、とても観察などできないようなものまでがあらわれてくるようになる。生命の秘密といっさいのものの解明は、きょう発見されたかと思うとあすはもう忘れられてしまうようなごくごく小さな微生物——ぜんぜんもう目には見えないのだから推測するよりほかはない微生物にかかっているとされるわけである。こうして、顕微鏡的な微生物のうちにふくまれている微生物、その微生物のうちにさらにまたふくまれている微生物といったふうに、こまかく分けてどこまでもさかのぼっていくことによって、いっさいのものが明らかにされると、人々は思い込んでいるのだ。どこまでも無限に大きいものをたどっていくのとは違って、ものをこまかく分けていくというこの無限には、かぎりがあるとでも、きっと思っているのだろう。小さいものの無限がとことんまできわめつくされたとき、神秘はすっかり明らかにされるというわけだが、これはいいかえれば、つまり、そんな日はけっしてこないということなのである。人々は、ものを無限に分けていって問題を解決するというこの観念が、問題のたてかたの正しくないなによりの証拠だということに、気がつかない。研究の意味などまるきり失われてしまっているこの愚劣きわまるどんづまりの段階が、ほかでもない、科学の勝利だと考えられている始末なのだ。いわば、盲目の極が視力の最高段階とみなされているようなもので、人々は袋小路に入ってしまったのである。だから、当然、自分たちの進んできた道がまちがっていたということに、はっきり気づいてもよさそうなものなのだが、かえって、その熱中の度はたかまるばかりで、顕微鏡をいますこし強めれば、無機物の有機体への転化、有機体の精神的なものへの転化などが明らかにされ、生命の神秘はあますところなく説きあかされよう、などといっている始末なのである。

人々は、物体のかわりに影を研究しているうちに、その影のもととなっている物体のことなど、まったく忘れてしまったのだ。そして、ますます影にふかいりして、真暗闇のなかを分けていって、影がこくなったのを嬉《うれ》しがっているような有様なのだ。

生命の意味は、人間の意識のうちで、幸福を求めてやまぬ欲求として、説きあかされるものなのである。この幸福の意味を明らかにして、いっそう正確に定義することが、人類ぜんたいに課せられた人生の重大な事業であり、目的なのである。ところが、この仕事がたやすいものではないから、つまり、遊びではなくて苦しい労働だものだから、人々は、この幸福の定義を、それがはっきりとしめされる身近の理性の意識のうちには、求められないものときめてかかって、それ以外のあらゆる場所でさがしまわるのである。これは、ちょうど、自分に入用なものをことこまかにしるしてもらった書きつけをもっていながら、読むことができないばっかりに、その書きつけをなげだしてしまって、あう人ごとに、自分の入用なものはなにか知らないかと、たずねるようなものである。人々は、自分の心のうちに、消すことのできない文字のように、はっきりとしめされている人生の定義を、肝心なその人間の意識のうちだけはすどおりして、いたるところでたずねまわっているのだ。なにしろ、人類は、そのもっともかしこい代表者をつうじて、あの「なんじ自身を知れ」というギリシャの格言以来、こういうばかなこととはまるで反対なことを語ってきたし、いまも語りつづけているのだから、それを思うと、なおさら、こういったことが不思議でならなくなる。宗教の説く教えというものは、すべて、この偽りのない実際の幸福――人間にもっともふさわしい幸福を求めてやまぬ欲求として、人生を定義したものにほかならないのである。

つけたりの三

人間には理性の声がますますはっきりと聞こえてくるようになって、その声に人が耳をかたむける度あいはしだいしだいに多くなる。そして、ついには、個人的な幸福やまちがった義務に人をよびさそう声をおさえて、理性の声が力強くひびきわたるときが来る。いや、そのときはもう来ているのである。いっぽうからは、とかく人の心をさそいがちな個人的な生活もけっして幸福をもたらすものではないことがますます明らかになるとともに、たほうからは、人々の定めたさまざまな義務を守ることも、人間の生まれでた根元――理性と善のおおもとにたいするその唯一の義務を実行できなくさせるような、ただの欺瞞《ぎまん》にすぎないことが、いよいよ明らかになってきているのだ。理性的な説明なぞないと人に信じさせようとする古い欺瞞は、もう、ぼろぼろにすりきれてしまって、これ以上人まえにもちだしてくることはできないのである。

以前は、よく、こんなことがいわれていたものだ。「考えるな。ただわれわれの命じる義務を信じるがいい。理性は人をあざむきやすい。信仰だけが真の人生の幸福を説きあかすだろう」そこで、人は一心に信じようとつとめ、信じたのである。しかし、いろいろ人とまじわっているうちに、ほかの人々がまったく別のことを信じているのを見るばかりか、その信仰のほうがいっそう大きな幸福をもたらすのに、気がつく。こうして、人は、数ある信仰のうち、どれがいっそう真実に近いものかという問題を、解決しないわけにはいかなくなる。これを解決することができるのは、ただ理性だけなのである。

人は、いつも、いっさいのものごとを理性をつうじて理解するのであって、信仰をつうじて理解するのではない。はじめのあいだは、ものごとを知るのは理性によるのではなくて、信仰によるのだなどと、確信ありげに説ききかせて、人をあざむくこともできるが、しかし、人が二つの信仰を知り、ほかのものが自分とは違った信仰を、自分の場合とおなじように、こころから信じているのを見れば、もう、人は理性によってことのぜひをきめずにはいられなくなるのである。マホメット教を知った仏教徒が、やはり、もともとどおりの仏教徒でいるならば、それは、もう、信仰によるものではなくて、理性によってきめたことなのだ。別の一つの信仰を知って、自分のいままでの信仰と、この新しく知った信仰のどちらをすてるかという問題が起これば、どうしても、こういった問題は理性で解決するほかはないのである。それに、もしマホメット教を知ったうえで、仏教徒が、なお、もとの自分の信仰をすてないとすれば、仏陀《ぶつだ》にたいするそれまでのその盲目的な信仰は、当然、理性にもとづいた信仰にかわらずにはいないわけである。

いまの時代に、理性によらず、信仰をつうじて、なにか精神的なものを人のこころにふき込もうというのは、ちょうど、口をとおさないで、人をやしなってみようというこころみと、なんの変りもないのである。

人々のあいだの交流が、こうして、すべての人に共通する認識の根本をみんなに明らかにしめしたので、人々は、もう、二度とむかしのまちがった考えにはもどることができなくなっている。死者が神の子の声を聞くときが、聞いてよみがえるときが、近づいているのだ。いや、そのときはもう来たのである。

その声をうちけすことはできない。なぜならば、その声はだれかひとりの声ではなくて、人類ぜんたいの理性の意識の声だからである。その声は、ひとりひとりの人間のうちで、人類のもっともすぐれた代表者のうちで、いや、いまでは、人類の大部分の人々のうちで、たからかにひびいているのである。

一八八七年

訳者あとがき

『人生論』は、『ざんげ』(一八七八―八二年)、『わが宗教』(八四年)、『さらばわれらなにをなすべきか』(八五年)に続く、いわゆる転機後のトルストイのもっとも重要な論文の一つで、一八八六年から八七年にかけて完成されたものだ。かれのほかの多くの論文と同様、当局の忌諱《きい》にふれ、本国では発行を禁止されたため、その年に、ジュネーブで発表されている。はじめてロシアで出版されたのは、それから、約二十年後、一九〇六年のことだった。

この論文は、人生とはなにか？　いかに生きるべきか？　というトルストイの終生の課題に、はじめて、くわしいまとまった解答、結論をくだしたものとして、注目される。そこに説かれている思想は、せんじつめれば、愛の一語につきる。つまり、人間は、肉体と肉体にやどる動物的な意識を理性に従属させること、いいかえれば、自我を否定して愛に生きることによって、同胞あいはむ生存競争の悲劇から救われるばかりか、死の恐怖からも救われる、なぜなら、そのとき、個人の生命は全体の生命のうちにとけこんで、永遠の生命をうけるからだというのである。キリストの説いた隣人愛の教えがトルストイの思想の根底にはすえられているのだが、しかし、かれの人生観はどこまでも現世的で、理性によってすべてをわりきろうとしているから、キリスト教の神の観念のかわりに、人間の集団意識、人類の意識といったようなものを正面におしだして、それに究極の救いを見いだそうとしているわけである。

しかし、こうしてこの『人生論』を読むと、自分の思想を世にひろめようというトルストイの意図よりも、むしろ、自分で自分を説得しようという試み、つまり、自分の納得できない人生の不条理になんとか合理的な説明をくわえて、安心立命の境地にたっしようというかれの努力のほうが、いっそう、強く感じられるようだ。とくに、苦痛と死を論じたくだりに、それが感じられる。あのおなじことのくどいくらいのくり返しも、トルストイの論文一流の特色ではあるが、一つには、こんなところからもきているのではないか。それに、もともと、この論文は『生と死について』という題で書きはじめられ、死の考察がはじめは中心になっていたのである。だから、その解答の求め方にもかなり強引なところがあり、死はないというその結論も、自然、説得力にとぼしいうらみがあるのにひきかえ、トルストイの語りくちはますます執拗《しつよう》で熱っぽくなっているわけなのだろう。ヤンコ・ラヴリンの言葉をかりれば、「その文学活動の前半期において、トルストイの書いたものが、死にさからってまでも横溢《おういつ》する生命を主張し、そこに陶酔しようとする営みだったとすれば、かれの後半生は、生命にさからっても、死を肯定し、かつ、その恐ろしさをすこしでも少くしようとするたえまない努力にすぎなかった」（寿岳文章氏訳「トルストイ——一つの心理批判的研究——」）ということにもなるのである。

たしかに、この論文には独断もあり、論理の飛躍もあり、言葉のあいまいさもあり、矛盾もある。科学にたいするその猛烈な攻撃にしても、時代のずれもあろうが、こまかな点では、まちがっているところが多いのだと思う。しかし、かれのこの「えせ科学」を非難する根本の態度は、けっして、まちがっていないのだ。たとえば、現在の原水爆の問題を考えてみればいいだろう。それとおなじことで、苦痛の必要をとき、死を真の生命の誕生とみるかれの論理が、たとえ、どんなに矛盾にとみ、説得力にとぼしくとも、その論理の根底にある愛の教えまで、まちがっているとして、否定してしまうことはできないのである。ただこの愛の理想と現実とのふれあいに、問題があるだけなのだ。トルストイの場合、かれのこの理想と現実とのふれあったさきに、あのアスターポヴォの一小駅があったわけである。

とにかく、『人生論』一篇は、その論の当否はともかくとして、トルストイの晩年にたどりついた人生観、世界観を知るうえで、また、ただ頭だけで考えるのではなくて、一歩一歩、体でたしかめながら、考えるといったおもむきのあるトルストイの誠実なものの考え方にふれるという意味でも、見すごすことのできない重要な労作だといえよう。

終りに、翻訳にあたって、中村白葉、原久一郎両先生の訳を参照させていただき、たいへん教えられるところの多かったこと、また、巻頭のパスカルとカントの言葉は、松浪信三郎氏と、波多野精一、宮本和吉氏の訳にもとづかせていただいたことをおことわりして、感謝の意を表させていただく。

解説

山折哲雄

読みはじめて、トルストイさんが愚痴をいっている、不平不満を周囲にまき散らしている、気に食わないことに八つ当りしている、そういった気分に誘われる。言葉を尽くし、理屈をこね、とうとうと弁じ立ててはいるのだが、どこか十字街頭に一人立つ、寂し気な予言者のような、乞食《こじき》坊主のような雰囲気をただよわせている。えんえんとつづくそのご託宣が、ときに老いの繰り言のようにきこえる。

我慢をして読みつづけているうちに、おやっと思う。目が釘《くぎ》づけになるような個所が、一つ二つと姿をあらわす。トルストイさんがいつのまにか身をよじるようにして語りはじめている。一つ一つの言葉をしぼり出すように、全身で投げ出すように語りはじめている。身もだえするトルストイ、といってもいい。口腔《こうこう》から吐き出す言葉一つ一つに熱気がこもり、本気の叫び声がもれはじめている。

学者のいうことなんぞ信用するな。科学が、哲学がいったいどうしたというのか。そんなものがメシの種になるものか。お前も動物、俺も動物、そんな哀れな動物どもが、学者のいうことや、科学や哲学の言葉で救われるなんて、チャンチャラおかしい話だ。トルストイさんのいい分が、ほとんど全身をのけぞらせて発する怒号に変じている。毒を含む咆哮《ほうこう》にすり変っている。そののた打ち廻《まわ》るような議論の右往左往の中から、それでも、一つのかすかな旋律がきこえてくる。

理性の声に耳を傾けよ、
自我の呪縛《じゅばく》から自由になれ、

第一ヴァイオリンの音色といってていいかもしれない。つい先刻まで地上に這《は》いつくばっていたようなトルストイが、かすかに面を上げようとしている。両手を天にむかって差し出そうとしている。理性によって欲望を調教せよ、自我の泥沼から首を上げよ、足を抜け……。一見、勇ましそうにみえる。しかしそんなものは所詮《しょせん》こけおどしだ、という声がどこからともなくきこえてくる。そんなことができるものか、できるわけがないではないか、という声だ。そんな自嘲《じちょう》と自己憐憫《れんびん》の感情に翻弄《ほんろう》されているうちに、トルストイの胸のうちにブッダの声がきこえてくる。老子の言葉が蘇《よみがえ》る。イエス・キリストの言葉が喉元《のどもと》をつき上げてくる。

お釈迦《しゃか》さん、助けてくれ
老子さん、どうにかしてくれ
イエスさん、救いの手を差しのばしてくれ

トルストイの前にあらわれるカウンセラーたちの名前である。八方手を尽くしたあとに忽然《こつぜん》とあらわれてきた、地獄にホトケの名前である。思わず駈《か》けこんだ寺の、奥座敷の壁に掲げられていた賢人たちの名前だ。頼む、お願いする、何とかしてくれ、人間はいったいどうしたら幸福になれるのか、いや、この俺はいったいどうしたら幸福になれるのか。いつのまにか老いさらばえたようなトルストイが地上にひざまずいている。地上に額をすりつけて涙を流している。身を震わせて泣いている。幸福を手につかもうとしているどころか、死の恐怖に打ちのめされているトルストイの苦し気な表情が大写しに浮かびあがってくる。人生の目的は幸福をつかむことではないか、理性の力によって欲望を制御し、自我から解放されることではないか、――そういいつづけてきたトルストイの顔が一変して、その口元からは惨憺《さんたん》たるニヒリストのつぶやきの声がきこえてくる。死の不安と死の恐怖がその行く手をはばみ、幸福と理性の無効を宣言し、自我の放棄という生命の讃歌《さんか》を嘲笑《あざわら》っている。

天上の高みに舞い上がるかと思うと、一瞬のうちに地上に墜落する人間の心のドラマが、こうして走馬灯のように展開していく。ところがふたたび、その闇の中を走る列車の響き、その身をよじるような狂気の変奏の中から、もう一つの静かな第二ヴァイオリンの旋律がかすかにきこえてくる。愛の旋律、である。愛を説く「福音書」の言葉、言葉……である。大ワラをもつかむような姿で、それにすがりつこうとしているトルストイがそこにいる。大海原を漂流している溺死《できし》寸前のトルストイの眼前に、危うく差し出されている一隻の救命ボートだ。

愛――今や、それしかないではないか。愛――それ以外にいったいどんな宝物がこの世に存在するというのか。追いつめられた溺者の最後の叫びであり、歓喜の声である。「福音書」の頁をまさぐり、それをくり返しめくり、目を近づけては反覆読誦《どくじゅ》をつづけている不屈のトルストイの姿がしだいに立ちのぼってくる。死の影に脅《おび》えながら、しかしその前に屈することを肯《がえ》んじない、エネルギーにあふれた人間の姿だ。その肉体から発散される動物的ともいっていいような強烈な匂いが、前面を覆うように鼻をついてくる。

不思議な転換である。信じられない変貌《へんぼう》である。はじめオドオドしているようにみえた愚痴っぽいトルストイが、いつのまにかその素面をかなぐり捨て、「福音書」の言葉に最後の希望を見出《みいだ》そうとしているではないか。究極の救いの可能性を求めようとしているではないか。しかし、本当にそうか。それで間違いないのか。そう思い返して、かれのいい分にふたたび耳を傾けてみるとどうか。すると、かれがその「福音書」の世界にかならずしも全幅の信頼をおいてはいないということがみえてくる。キリストの前に首《こうべ》を垂れて静安の境地を手にしているのかというと、かならずしもそうではないことがわかる。なぜならかれはそれでもなお、地上の生活でなめる苦痛のどうにも説明しようのない理不尽さに、ほとんど絶望的な叫びをあげているからである。

いったいどうしたらいいのか。トルストイの最後の問いかけである。暴風のあとの凪《なぎ》の気配が近づいている。暗黒の海を漂流する小舟の上に、遠くの雲間からかすかな光が射す。生命の奥底にひそむ奇蹟《きせき》のような矛盾である。その奇蹟のような矛盾の根元は何か。なぜ、そこに光が射すのか。それはただ一つ、すべての人々が自分たちの人生の幸福のためには、いっさいの苦痛がいつも必要なもの、なくてはならぬものと、心の奥底で悟っているということだ——。それが、トルストイの最後にたどりついた断想であった。それは一面で、生命というものにたいするニヒリスティックな洞察である。だが同時にそれは、矛盾にみちた苦痛がこの世の中に存在するからこそ、永遠の生命と幸福が約束されるのだという覚悟に結びつく。生命というものはけっしてひとりの人間の誕生に始り、死に終るだけのものではないことが証明されているのだ、とトルストイはいう。生命讃歌の言葉がそこから、火を噴く弾丸のように飛び出してくるのである。

わたしを導く生命の光は、ちょうど、この燃えひろがって輝きをますほのおの光にたとえられるのである。生命の光——わたしはその光によって生きている。どうしてわたしにそれが否定できよう？　この生命の光——生命の力は、いまでは、わたしには見えない別の中心にうつっていって、まえとは違ったあらわれ方をしているのだ。

（本書二三二頁）

トルストイのこの『人生論』は、一八八六年から一八八七年にかけて書かれたものだという。六〇歳に手がとどこうというときであった。すでに大作『アンナ・カレーニナ』は数年前に完成していた。しかし最後の長編『復活』の執筆はまだ開始されてはいない。脂の乗り切った時期であったといっていいだろう。その意味においてこの時期のトルストイは、円熟しているわけでも枯れ切っているわけでもなかった。とても老トルストイの晩年などとは呼ぶことはできない。かれの頑健な肉体のうちには動物的な精気がみちあふれ、いつまでも活動してやまぬ頭脳には、天をも衝《つ》くばかりの思考の乱舞が演じられていたはずだ。

そのトルストイのエネルギーが、この『人生論』には横溢《おういつ》している。天国と地獄をかけめぐる伸展力のあるイマジネーションが噴出している。「宗教」の世界を正面から受けとめ、それと全身で格闘している。まなじりを決して立つトルストイがそこにいる。論より証拠、かれはこの『人生論』を書く直前に、『懺悔《ざんげ》』(七八〜八二年)、『わが宗教』(八四年)、『さらばわれら何をなすべきか』(八五年)を立てつづけに執筆している。『人生論』は、それらの思索と執筆のつみ重ねの、いわば総決算として書かれているのである。

いや本当のところをいえば、話はそんな単純なものではないのかもしれない。なぜならこの『人生論』を読みすすむうちに、私は、かれの大長編小説の主人公がひとり人生という舞台の上に立って、えんえんと独白をつづけているような錯覚に襲われたからである。かれは自分の「人生」を語りながら、自分の小説世界の根本構造をほとんど同時に語っていたのではないか。その根本構造を言葉にするとすればどうなるか。人間――この矛盾にみちたるもの、ということになるのではないだろうか。かれはその矛盾を乗り越えようとして悪戦苦闘しているのである。トルストイ文学の主題、である。その主題に深くのめりこんでいくうちに、かれはいつしかキリスト教の世界からも離陸し、「福音書」の言葉を手玉にとったり突き放したりもする。その独断と飛躍が読む者の心をかき乱し、脅かす。狂気の人トルストイがそこにいる。天真の人トルストイの残像がそれに重なる。

かれはひそかに、心の奥底で、

倫理的には一神教徒、芸術家としては多神教徒、そして自然人としては汎神教徒――

とつぶやいていたのではないだろうか。私はこのトルストイの『人生論』を読んでいて、戦争と科学技術に明け暮れた二〇世紀がすっかり忘れ去っていた、一九世紀の悲痛な魂の叫びを聴く思いがしてならないのである。

新版《しんぱん》
人《じん》生《せい》論《ろん》
トルストイ　米《よね》川《かわ》和《かず》夫《お》＝訳

昭和33年 12月10日　初版発行
平成16年 5月25日　改版初版発行
令和7年 7月25日　改版15版発行

発行者●山下直久

発行●株式会社KADOKAWA
〒102-8177　東京都千代田区富士見2-13-3
電話　0570-002-301（ナビダイヤル）

角川文庫 13355

印刷所●株式会社KADOKAWA
製本所●株式会社KADOKAWA

表紙画●和田三造

Printed in Japan
ISBN978-4-04-208926-1　C0198

◆◇◇

角川文庫発刊に際して

角川源義

第二次世界大戦の敗北は、軍事力の敗北であった以上に、私たちの若い文化力の敗退であった。私たちの文化が戦争に対して如何に無力であり、単なるあだ花に過ぎなかったかを、私たちは身を以て体験し痛感した。西洋近代文化の摂取にとって、明治以後八十年の歳月は決して短かすぎたとは言えない。にもかかわらず、近代文化の伝統を確立し、自由な批判と柔軟な良識に富む文化層として自らを形成することに私たちは失敗して来た。そしてこれは、各層への文化の普及滲透を任務とする出版人の責任でもあった。

一九四五年以来、私たちは再び振出しに戻り、第一歩から踏み出すことを余儀なくされた。これは大きな不幸ではあるが、反面、これまでの混沌・未熟・歪曲の中にあった我が国の文化に秩序と確たる基礎を齎らすためには絶好の機会でもある。角川書店は、このような祖国の文化的危機にあたり、微力をも顧みず再建の礎石たるべき抱負と決意とをもって出発したが、ここに創立以来の念願を果すべく角川文庫を発刊する。これまで刊行されたあらゆる全集叢書文庫類の長所と短所とを検討し、古今東西の不朽の典籍を、良心的編集のもとに、廉価に、そして書架にふさわしい美本として、多くのひとびとに提供しようとする。しかし私たちは徒らに百科全書的な知識のジレッタントを作ることを目的とせず、あくまで祖国の文化に秩序と再建への道を示し、この文庫を角川書店の栄ある事業として、今後永久に継続発展せしめ、学芸と教養との殿堂として大成せんことを期したい。多くの読書子の愛情ある忠言と支持とによって、この希望と抱負とを完遂せしめられんことを願う。

一九四九年五月三日

角川文庫海外作品

新訳　原因と結果の法則

ジェームズ・アレン
山川紘矢・山川亜希子＝訳

カーネギー、ロンダ・バーンらが大きな影響を受けたといわれるジェームズ・アレンの名著が山川夫妻の新訳で登場。自分の人生は自分に責任がある。自分が変われば環境は変わる。すべての自己啓発書の原点！

青春とは、心の若さである。

サムエル・ウルマン
作山宗久＝訳

年を重ねただけでは人は老いない。人は理想を失うとき初めて老いる。温かな愛に満ち、生を讃える詩の数々。困難な時代の指針を求めるすべての人へ贈る、珠玉の詩集。

今日という日は贈りもの

ナンシー・ウッド
井上篤夫＝訳

「後悔によっては何一つ変えることはできない、自分が擦り減ってしまうだけ。必要なだけの勇気は、自分自身の中にある」――ロングセラー『今日は死ぬのにもってこいの日』の著者が贈る、愛と感動の言葉集。

人生は廻る輪のように

エリザベス・キューブラー・ロス
上野圭一＝訳

国際平和義勇軍での難民救済活動、結婚とアメリカへの移住、末期医療と死の科学への取り組み、そして大ベストセラー『死ぬ瞬間』の執筆。死の概念を変えた偉大な精神科医による、愛とたたかいの記録。

ライフ・レッスン

エリザベス・キューブラー・ロス
デーヴィッド・ケスラー
上野圭一＝訳

「ほんとうに生きるために、あなたは時間を割いてきただろうか」。幾多の死に向き合い、自身も幾度となく死の淵を覗いた終末期医療の先駆者が、人生の最後で遂に捉えた「生と死」の真の姿。

角川文庫海外作品

アルケミスト　夢を旅した少年
パウロ・コエーリョ
山川紘矢・山川亜希子＝訳

羊飼いの少年サンチャゴは、アンダルシアの平原からエジプトのピラミッドへ旅に出た。錬金術師の導きと様々な出会いの中で少年は人生の知恵を学んでゆく。世界中でベストセラーになった夢と勇気の物語。

星の巡礼
パウロ・コエーリョ
山川紘矢・山川亜希子＝訳

神秘の扉を目の前に最後の試験に失敗したパウロ。彼が奇跡の剣を手にする唯一の手段は「星の道」という巡礼路を旅することだった。自らの体験をもとに描かれた、スピリチュアリティに満ちたデビュー作。

癒す心、治る力
アンドルー・ワイル
上野圭一＝訳

人には自ら治る力がそなわっている。現代医学から自然生薬、シャーマニズムまで、人が治るメカニズムを究めた博士が、臨床体験をもとに治癒例と処方を記し世界的ベストセラーとなった医学の革命書。

心身自在
アンドルー・ワイル
上野圭一＝訳

現代医学からシャーマニズムまで、人が〈治る〉メカニズムを究める著者が自発的治癒力を甦らせ、身体を、そして人生をも変えていく方法を提示する。『癒す心、治る力』の実践編。

若草物語
L・M・オルコット
吉田勝江＝訳

舞台はアメリカ南北戦争の頃のニューイングランド。マーチ家の四人姉妹は、従軍牧師として戦場に出かけた父の留守中、優しい母に見守られ、リトル・ウィメン（小さくも立派な婦人たち）として成長してゆく。

角川文庫海外作品

吸血鬼ドラキュラ
ブラム・ストーカー
田内志文＝訳

ヨーロッパの辺境、荒れ果てた城に住むドラキュラ伯爵。彼は昼に眠り、夜は目覚める吸血鬼であった――。人の生き血を求め闇を徘徊するドラキュラ伯爵。不死者と人間の闘いが、いま始まろうとしている……。

三銃士（上）（中）（下）
アレクサンドル・デュマ
竹村　猛＝訳

時は17世紀、ルイ13世の治世。青年騎士ダルタニャンは希望に燃えて華の都パリにやってきた。都会のしきたりに慣れないダルタニャンは、三銃士から次々と決闘を申し込まれるが――。

オリバー・ツイスト（上）（下）
チャールズ・ディケンズ
北川悌二＝訳

19世紀初め、イギリスの田舎で孤児として生まれ、救貧院で育ったオリバー・ツイスト。様々な苦難の末、自由を求めてロンドンへとたどり着くものの、さらなる危険と冒険の日々が待ち受けていた。

椿姫
デュマ・フィス
西永良成＝訳

美貌の高級娼婦マルグリットはパリの社交界で金持ちの貴族を相手に奔放な生活を送っていた。だが、青年アルマンに出逢い、彼女は初めて「愛」というものを知る。パリ近郊の別荘に駆け落ちした2人だが……。

白夜
ドストエフスキー
小沼文彦＝訳

ペテルブルグに住む貧しいインテリ青年の孤独と空想の生活に、白夜の神秘に包まれた一人の少女が姿を現し、夢のような淡い恋心が芽生え始める頃、この幻はもろくもくずれ去ってしまう……。